IL BAMBINO DI TUTTI

Cathy McGough

Stratford Living Publishing

COSA DICONO I LETTORI...

DAGLI USA:

"Il figlio di tutti di Cathy McGough è un thriller psicologico che vi farà riflettere fino al sorprendente finale".

"Wow, non mi aspettavo e non avrei potuto prevedere il finale di questa storia".

"Una storia ben costruita e guidata dalla trama".

"Ci sono stati così tanti colpi di scena e proprio quando avevi capito tutto, il tappeto ti è stato strappato da sotto i piedi".

"Sono rimasta sbalordita a metà del libro, che mi ha fatto pensare davvero a WTH?".

DAL REGNO UNITO:

"Una storia scritta in modo così serrato da avere un forte impatto".

"Pensavo di aver capito tutto, ma mi sbagliavo di grosso".

"Una lettura piacevole con alcuni sorprendenti colpi di scena lungo il percorso".

DA CA:
"Ho trovato la trama intrigante e mi è piaciuto leggere il libro fino alla fine".

"Facile da leggere, dal ritmo veloce e con una premessa interessante".

DA IN:
"Un thriller piacevole e ben scritto".

INDICE DEI CONTENUTI

Per i bambini.

IL BAMBOLOTTO DI CARTA

La bambola di carta è aggrovigliata nel vortice del vento

Svuotata di emozioni, gira e rigira

Gira e rigira, con piroette da ballerina

Ripensa ai fallimenti e ai rimpianti della vita.

Cerca freneticamente di sfuggire alle sue grinfie.

Nelle sue orecchie il vento sussurra stupri.

La bambola di carta è strappata di arto in arto

Un mero ricordo di ciò che avrebbe potuto essere.

Non sente dolore, perché è solo una bambina.

Non sente nulla.

Ascoltate il pianto dei bambini che si rigirano e si
rivoltano

Nei sogni del loro sonno

Proteggili dai vortici della vita.

Correte, bambini, correte,

Non ci sono più catene che vi leghino.

Proteggeteli dai vortici della vita.

CAPITOLO 1

BENJAMIN

IL DICIASSETTENNE BENJAMIN ERA un impiegato coscienzioso. Soprattutto da quando aveva abbandonato le scuole superiori. Due volte al giorno, sei giorni alla settimana, si recava in banca. Al mattino, per prelevare i contanti. Nel pomeriggio, per depositare gli incassi della giornata. L'andata e il ritorno erano tranquilli: fino a questa mattina in particolare.

Ad attirare la sua attenzione fu una donna. Con i suoi tacchi alti, spiccava come un manichino su una spiaggia. Le etichette dorate della borsetta e degli occhiali da sole riflettevano la luce, facendola rimbalzare e muovere come lucciole. Sulle spalle del suo abito nero senza maniche pendeva un foulard rosso.

Gli occhi di Benjamin seguirono il flusso del foulard, finché non raggiunse l'estremità del braccio teso della donna. Attaccata ad esso c'era una bambina che faticava a tenere il passo. Anche il braccio della bambina, forse di sette anni, si allungò all'indietro.

Attaccato ad esso c'era una cosa: una bambola a grandezza naturale. L'uomo fece una duplice ripresa perché il volto della bambola e quello della bambina erano copie carbone. Poi notò che anche il braccio teso della bambola si protendeva all'indietro, verso niente e nessuno. Le gambe e le scarpe della creatura scricchiolavano sul marciapiede e si portavano dietro.

Incuriosito, seguì lo strano trio mentre girava l'angolo per raggiungere la passeggiata sul lungofiume del lago Ontario.

La donna si fermò, strattonò il braccio del riluttante seguace, poi riprese il passo. La piccola inciampò a terra senza lasciare la mano della bambola. Si rimise in piedi solo per ricevere uno schiaffo sulla guancia. Uno schiaffo il cui suono lo fece rabbrividire perché sembrava riverberare.

La donna camminò rapidamente mentre il pianto del bambino si trasformava in un urlo. Si chinò all'indietro, sussurrando all'orecchio del bambino: risultato: lacrime silenziose.

Mettendo il dito sulla chiamata rapida al 911, valutò la situazione. Se fosse stato un uomo adulto, le avrebbe dato il benservito. Invece, continuò a seguirli. A guardare. Si chiedeva cosa ci fosse di tanto urgente.

Il bambolotto che saltellava dietro di lui con un sorriso a denti stretti gli fece venire i brividi, così passò dall'altra parte della strada. Continuò a osservare lo strano trio. In particolare, il modo in cui la sciarpa rossa della donna contrastava con i capelli e il vestito nero corvino. Sembrava fuori posto, come se stesse andando a fare un servizio fotografico per una rivista con due bambini al seguito.

Aspettate un attimo. Il tipo di bambola sembrava familiare. Il suo capo, Abe, a volte ordinava bambole simili nel suo negozio. Di solito nei mesi precedenti il Natale.

Le bambole venivano progettate e spedite dall'Europa. Ogni ordine richiedeva una foto del bambino. Questa doveva riprodurre la carnagione, i capelli e il colore degli occhi. Sul retro della foto venivano registrati dettagli come altezza, peso e numero di scarpe.

Fu allora che notò perché la bambina era in difficoltà. Ai piedi portava dei sandali scintillanti, di quelli con la fascia avvolgente alla caviglia. Per quanto riguarda i sandali, erano belli, ma inadatti a camminare a passo svelto. Per la sua gemella, i sandali non erano un problema, mentre la bambola veniva trascinata lungo il marciapiede.

Quando arrivarono alla prima panchina del parco, la donna si era calmata. Rise quando aiutò la piccola a togliere lo zaino. Poi si assicurò che fosse comodamente seduta prima di occuparsi della bambola. Le piegò le gambe e la mise in posizione seduta.

Si avvicinò, scattando foto del lungomare, finché il suo telefono non vibrò. Era Abe, che lo controllava.

"Dove sei?" Abe gli aveva mandato un messaggio. Abe era il capo e il padrone di casa di Benjamin. Abe era un pignolo della routine.

"In fila, torna il prima possibile", aveva scritto il ragazzo.

La risposta di Abe fu un'emoji con il pollice in su.

La donna si inginocchiò, in modo da trovarsi faccia a faccia con il bambino.

L'adolescente ha scattato una foto panoramica completa dello skyline del lago Ontario, dalla CN Tower a Burlington.

"Tesoro, ho dimenticato il portafoglio", ha accarezzato la mano del bambino. "Torno subito, te lo prometto".

La bambina rimase in silenzio, armeggiando con i suoi sandali.

"Ti fanno male i piedi, tesoro? Mi dispiace che abbiamo dovuto affrettarci. Puoi riposare qui e starai bene quando tornerò a prenderti. Aspetta qui, ok?".

La bambina annuì e lasciò cadere le gambe a terra. Non potendo toccare il suolo, rimase immobile.

"Mentre sono via, non muoverti da questa panchina". Si guardò intorno. "E non parlare con nessuno. Ricordate, abbiamo una parola segreta. Sapete qual è? Shh, non dirmelo. Te la ricordi, vero?".

"E se devo fare la pipì?", sussurrò il bambino.

"Tienila finché non torno. Non ci metterò molto. Prima vado, prima torno". Si alzò e raddrizzò la schiena.

Il piccolo le afferrò il braccio: "Non ti dimenticherai di me, vero mamma? Come l'ultima volta?".

La donna sospirò e sussurrò.

"Tesoro". Accarezzò la mano della figlia. "Ti sono venuta a prendere a scuola in orario novantanove volte e tu ti ricordi sempre di quell'unica volta che ho fatto tardi". Fece un respiro profondo, poi fece un passo indietro.

"Scusa, mamma".

L'adolescente si sedette su una panchina lì vicino, scorrendo le foto che aveva scattato. Alzò lo sguardo quando la donna si voltò. L'espressione del suo viso sembrava più infantile ora, con il mento spinto in avanti.

"Questa volta conosco la strada di casa", disse la figlia con un sorrisetto.

La donna sbuffò, si voltò e abbracciò la figlia. "Ora devo andare, piccola".

"Non sono una bambina".

"So che non lo sei. Aspettami qui, aspettami. Tornerò. Incrocia il mio cuore". Lei mimò l'incrocio dei cuori e si allontanò.

"A presto, mamma", disse la bambina. Si girò con il collo, osservando il divario che si era creato tra lei e la madre.

L'adolescente la guardava con gli occhi pieni di lacrime. In fondo era una buona madre, o meglio di quanto lui pensasse.

La madre si voltò e diede un bacio alla bambina, poi continuò a camminare.

Il suo telefono vibrò di nuovo. Abe. Doveva andare in banca.

La bambina aprì lo zaino, tirò fuori un libro e iniziò a leggere. Per uno o due minuti la osservò. Era carino il modo in cui muoveva le labbra per scandire le parole.

Controllò l'orologio. Più sicuro che la madre sarebbe tornata come promesso, andò in banca.

Era l'unico modo per impedire ad Abe di venire a cercarlo. Se Abe fosse dovuto uscire dal negozio per cercarlo...

Non voleva pensarci.

CAPITOLO 2

JENNIFER WALKER

Q UANDO FU A POCHI metri di distanza, Jennifer lanciò un'occhiata alla figlia, che rimase come da istruzioni sulla panchina. Le dispiaceva lasciarla lì da sola, ma che scelta aveva dopo quello che aveva fatto? Aprì la fotocamera del telefono e scattò una foto della figlia. La foto mostrava la sua bambina incorniciata dal cielo azzurrissimo e dall'acqua ancora più azzurra del lago Ontario. Contenta che la figlia non si muovesse, si voltò nella direzione da cui erano venuti.

Mentre tornava indietro, pensò al suo compagno Mark Wheeler. Era da un po' che usciva con lui, anche se sapeva che era già sposato.

Per la maggior parte, almeno quando erano in pubblico o quando c'era sua figlia, era gentile e garbato.

Ma c'era un lato diverso di lui quando erano soli e il sesso era in programma. È vero, a volte le piaceva il bondage, persino qualche sculacciata erotica. Tuttavia, l'asfissia erotica portava le cose troppo in là. La sensazione di andare sott'acqua, giù,

giù, giù. Respirare come se non si trovasse più il respiro era una sensazione che la spaventava. Così, questa volta, si impuntò e si rifiutò di farlo. Mark andò avanti e se lo fece da solo, mentre lei andò a farsi una doccia. Quando lei tornò, lui era morto. Era troppo spaventata per togliergli il sacchetto di plastica dalla testa. Invece, andò in camera di sua figlia e passò la notte lì e la mattina presto uscirono di casa.

Il suo telefono squillò, era finalmente lui. "Devi aiutarmi", le disse. "Non so a chi altro rivolgermi".

"È Mark?", le chiese Poncho, il suo amico e autista di Mark.

Lei singhiozzò. "Sì".

"Ok, arrivo subito. Sono a circa quindici minuti di distanza. Tieni duro".

Per distrarsi le venne in mente un ricordo di Katie appena nata, mentre riviveva la prima volta che l'aveva presa in braccio. Sua figlia era l'angioletto più piccolo, morbido e bello che avesse mai visto. Stava crescendo così in fretta. Jennifer odiava lasciare sua figlia da sola sul lungomare, ma dovevano sbarazzarsi del corpo. Soprattutto per il legame di Mark con la comunità e con il mondo della droga. Anche se avesse detto loro la verità, non le avrebbero mai creduto. Il padre di Mark aveva un sacco di soldi e lei non poteva rischiare di finire in prigione. Cosa sarebbe successo al suo bambino?

Rise, pensando a quante volte aveva accusato sua madre di fare cose stupide per uomini che non ne valevano la pena. Alzò gli occhi al cielo: "Mamma, mi dispiace perché questa cosa che ho fatto prende il premio". La storia si ripeteva sempre. Saperlo non la faceva sentire meglio.

Smettila di rimproverarti, sciocca, pensò. Sarebbe tornata a prendere Katie prima di rendersene conto. Inoltre, nello zaino sua figlia aveva un libro. La bambola, che avevano chiamato Katie Junior mentre la figlia cercava di capire come chiamarla, le dava i brividi. Gliel'aveva regalata lui. Le avrebbe preso un'altra bambola e avrebbe buttato quella nel cestino.

Ormai quasi a casa, Jennifer notò un furgone bianco in attesa nel vialetto. Poncho tirò l'auto dentro il garage, poi lo chiuse. Entrò dalla porta d'ingresso e fece entrare Poncho sperando che il vicino ficcanaso dall'altra parte della strada fosse occupato.

CAPITOLO 3

KATIE

DOPO AVER LETTO DUE volte il libro alla sua bambola, Katie lo mise via. Guardò i gabbiani che volavano in alto e poi in basso, spingendo il becco nell'acqua. A volte risalivano portando un piccolo pesce nel becco. Applaudiva quando questo accadeva. Più di una volta, le persone che passavano di lì si fermavano per vedere cosa stesse applaudendo e si univano a lei. Katie si sentiva meno sola quando questo accadeva.

"È così carina", le disse una giovane coppia. Poiché erano estranei, lei non disse nulla, ma continuò a guardare i gabbiani.

Il tempo passava, mentre il sole scendeva poco a poco nel cielo e un poliziotto si fermò. "Va tutto bene?".

"Non parlare con gli sconosciuti", le disse la voce di sua madre nella testa. Ma era un poliziotto. Era qualcuno di cui ci si poteva fidare nei momenti di difficoltà. "Sto aspettando la mia mamma. Tornerà tra un minuto".

Il poliziotto dovette crederle, visto che si fece il cappello e proseguì.

"Grazie", disse lei, sperando di vedere sua madre che camminava verso di lei. Chiuse gli occhi e li riaprì, sperando in un risultato diverso. Ma non fu così.

Katie appiattì il suo vestito rosso sul davanti. Sollevò un po' la manica dove l'elastico la stringeva e le lasciava un segno. Dondolò in avanti e indietro. Il solo movimento fece stringere la parte della caviglia dei sandali, così smise di muovere le gambe.

Ieri sera Mark e la mamma le avevano rimboccato le coperte. Poi aveva sentito dei rumori. Quando erano forti - urlati - facevano paura, ma non abbastanza da impedirle di addormentarsi.

La sua mamma le diceva sempre: "Katie, potresti dormire durante un tornado". Questo la faceva ridere.

Quando sono usciti di casa questa mattina, la mamma ha detto che Mark avrebbe dormito fino a tardi. Per questo dovevano vestirsi e uscire di casa in fretta.

Quando le tende si sono spostate dall'altra parte della strada, Katie ha detto: "Sta guardando di nuovo, mamma".

"Non preoccuparti di quella vecchia ficcanaso", disse la madre, trascinando la figlia con la bambola che si portava dietro.

Mark non era il vero padre di Katie, ma veniva spesso a trovarla. A volte le comprava delle cose, come la sua bambola. Quando c'era lui, sua madre era felice, all'inizio. Poi lui se ne andava e la madre diceva che non sarebbe mai tornato. Ma lui tornava sempre.

La bambina viveva in un costante stato di confusione. Gli uomini andavano e venivano. Tuttavia, amava la bambola che era la sua gemella.

Il problema era come chiamarla. Non poteva chiamarla Katie Due perché i gemelli non hanno lo stesso nome. Anche se l'aveva avuta per un po' di tempo, la bambola rimaneva ancora senza nome.

La bambina non sentiva la mancanza di un padre per la maggior parte del tempo. Spesso i bambini non sentono la mancanza di qualcosa che non hanno mai avuto. Finché la società non gli02lo ricorda, come ad esempio il pranzo per la festa del papà a scuola.

"Sarai tu il mio papà, a scuola per il pranzo della festa del papà?". Katie chiese a Mark.

"Mi piacerebbe molto, tesoro", rispose lui.

"Ma Mark è un uomo impegnato", disse la madre.

Quando arrivò la festa del papà, Katie era l'unica bambina senza padre. Gli altri bambini senza padre portarono nonni, fratelli o zii. Katie, che non aveva nessuno di questi, era ancora più sconvolta.

Quando Katie scoppiò a piangere a tavola, sua madre chiamò il preside. Chiese che la scuola vietasse del tutto gli eventi per la festa del papà.

Katie non voleva che fosse cancellata per tutti. Voleva solo l'inclusione. La presenza di Mark avrebbe messo tutto a posto per tutti.

Un gabbiano si avvicinò in picchiata. L'uccello fece la cacca a metà del volo, lasciandosi dietro un souvenir.

Schizzò sui vestiti della bambina e della bambola. Katie si asciugò prima le lacrime dagli occhi. Poi fece lo stesso con la bambola.

Desiderava che sua madre si affrettasse a tornare.

CAPITOLO 4

BENJAMIN

ERA ORMAI POMERIGGIO INOLTRATO e Benjamin si stava dirigendo verso la banca. Lanciò un'occhiata in direzione del lungomare: la bambina era ancora lì! Aveva avuto ragione nel suo istinto iniziale: la madre era un genitore vergognoso. Lasciare una bambina da sola tutto il giorno sul lungomare era un abbandono.

Si affrettò a raggiungere la banca. Doveva sbarazzarsi dell'incasso della giornata prima che la banca chiudesse. Invece di rischiare di aspettare, depositò i contanti nello sportello automatico, poi tornò a controllare la bambina.

Abe gli aveva già mandato due messaggi chiedendo dove sei?

All'inizio aveva pensato che fosse eccitante introdurre Abe alla tecnologia, ma ora era una spina nel fianco. Non che Abe diffidasse di Benjamin. Anzi, quell'uomo e sua moglie erano i tutori legali di Benjamin. Sebbene Abe si occupasse di commercio, vendendo beni al pubblico, non era una persona che si occupava di persone.

"Mi servono 2 t/c di qualcosa", rispose l'adolescente.

"Ok, dokie", rispose Abe. "Devo chiamare la moglie in cucina per aiutarmi!".

Ridacchiò prima di inviare un'emoji appropriata mentre tornava a controllare la bambina.

CAPITOLO 5

KATIE

KATIE RIMASE SULLA PANCHINA del parco. All'orizzonte poteva vedere che il sole stava tramontando. Si stava facendo tardi. Sua madre l'aveva dimenticata, ancora una volta. La bambina dovette urinare e pensò di tornare a casa a piedi. Conosceva la strada, ma non aveva le chiavi. Avrebbe voluto indossare le scarpe da ginnastica, o dei sandali meno aderenti.

Non voleva essere fuori quando faceva buio. Anche adesso immaginava le ombre che si formavano intorno a lei, create dai riflessi delle nuvole. Quando un corvo gracchiò, saltò e rabbrividì. Una coccinella le strisciò sulla gamba, sul vestito. La sollevò sul dito e lasciò che risalisse il braccio, fino a lasciare una striscia gialla.

"Va tutto bene", sussurrò all'insetto, "tutti fanno la pipì". Depositò il grazioso insetto rosso sulla panchina e lo fece volare via.

Il suo stomaco brontolò, lei frugò nella borsa e tirò fuori un mini-Kit-Kat fuso. Aveva un sapore così buono, ma avrebbe voluto che non fosse un mini-Kit-Kat e sperava che sua madre tornasse presto.

La bambina fece finta di dare da mangiare alla bambola, poi tornò a leggere.

Aveva letto il libro così tante volte che la sua mente era tornata al giorno prima, quando sua madre le aveva detto che oggi non sarebbe andata a scuola.

"Perché?", chiese. "Io voglio andare a scuola".

"Oggi andremo sul lungomare. Guarderemo gli uccelli, ascolteremo le onde e poi andremo al bar a comprare dei pantaloni da bambino".

"Non sono più una bambina", protestò Katie.

"So che non lo sei, ma non ti piacciono ancora i Baby Chinos?".

La bambina spinse il mento in fuori, pensando a Baby Chinos. Ormai era grande e quando la mamma veniva a prenderla, ordinava un frullato extra-large alla fragola.

"Sarà così divertente!", le risuonava nelle orecchie la voce della madre.

"Sarà così divertente", ripeteva la bambina. Poi la sua mente vagò: "Posso portarla?". Katie aveva chiesto. Si riferiva alla sua bambola.

"Sì, puoi, a patto che la porti con te per tutto il tragitto e per tutto il ritorno. E ricorda che avrai anche lo zaino".

"Va bene mamma, lo farò". Katie fece passare le braccia attraverso le cinghie dello zaino e avvolse le braccia intorno alla vita della bambola.

Sopra di lei, un gruppo di oche canadesi a forma di V si muoveva nel cielo a colpi di clacson. Notò che il sole era sceso ancora un po'. Rabbrividì e prese la mano della bambola nella sua mentre si avvicinavano dei passi. Appartenevano a una persona che, quando la vide, capì che non era né un ragazzo né un uomo, ma una via di mezzo.

Si strinse le braccia intorno a sé. Mentre il sole scendeva sempre di più, desiderò avere un maglione o un cappotto. Osservò che il ragazzo/uomo non indossava nessuno dei due. La sua maglietta nera aveva una roccia sul davanti e sotto la scritta ZOOM! Le ricordava l'omonimo programma televisivo. Il ragazzo/uomo aveva un'abbronzatura dorata sul viso e sulle braccia. Indossava jeans e scarpe da ginnastica nere.

Il buio stava arrivando e lei voleva che sua madre tornasse e la riportasse a casa. Fino ad allora, desiderava che il ragazzo/uomo le dicesse qualcosa, qualsiasi cosa.

Anche se non avrebbe dovuto parlare con gli estranei, il suono della voce di qualcun altro quando si sentiva così l'avrebbe confortata. Anche se molto probabilmente al ragazzo/uomo era stata detta la stessa cosa: non parlare con gli estranei.

Inoltre, se lui le avesse parlato, lei avrebbe probabilmente pianto. Non voleva che pensasse che fosse una bambina, perché se lo avesse fatto, avrebbe chiamato un poliziotto e avrebbe scoperto che non era la prima volta che sua madre si dimenticava di prenderla.

Prese il suo libro e lo usò come muro per evitare che il ragazzo/uomo vedesse le sue lacrime.

CAPITOLO 6

BENJAMIN

SI AVVICINÒ PER VEDERE se gli avrebbe parlato, lei non aveva detto una parola, ma sembrava così triste, poi si nascose dietro il suo libro. Continuò a camminare, poi si nascose tra i cespugli dietro di lei per poterla tenere d'occhio senza che lei se ne accorgesse.

Una volta, ricordò, mentre lui e gli altri bambini giocavano all'aperto, era passato un uomo. Si fermò a parlare con una delle bambine, poi tornò in macchina e cercò di convincerla a entrare. Benjamin corse a raccontare l'accaduto ai genitori adottivi. Memorizzò anche il numero di targa che permise loro di denunciare l'accaduto alla polizia.

Fu una delle poche volte che gli diedero retta e a lui e agli altri bambini fu vietato di giocare nel cortile di casa.

Questa bambina si trovava in una situazione terribile e presto sarebbe peggiorata quando sarebbe stato completamente buio. Sì, c'era un lampione vicino alla panchina, ma questo la rendeva più vulnerabile. Era evidente come un faro in una tempesta.

Sfiorò con la mano il cespuglio di sempreverdi. Il dolce profumo del Natale le riportò alla memoria i tempi passati. Come il primo Natale a casa di Abe ed El. Gli avevano fatto più regali di quanti ne avesse ricevuti in tutti i suoi Natali sommati.

Scosse la testa, chiedendosi se fosse il caso di chiamare la polizia. No, avrebbe aspettato ancora un po'. Voleva sbagliarsi. Voleva che sua madre tornasse a prenderla. Decise di darle ancora un po' di tempo.

Separò i rami, i cui aghi graffianti gli procuravano prurito.

La madre e il padre di Benjamin non lo avrebbero mai lasciato solo così. Non di proposito. Erano morti quando era un ragazzo, rendendolo orfano, senza alcuna colpa. Gli incidenti accadono, sì, lui ne sa qualcosa. Un incidente spiegherebbe tutto.

La bambina aveva freddo e tremava mentre il sole scendeva sempre di più all'orizzonte.

Non avendo un cappotto da offrirle, l'unica cosa che aveva da offrire era un volto amichevole, ma prima doveva pensare a un piano A. E quando l'aveva ben chiaro in mente, aveva bisogno di un piano B.

Si accovacciò dietro i cespugli per riflettere.

CAPITOLO 7

KATIE

SENTÌ IL VENTO SOLLETICARE gli alberi mentre il giorno si trasformava in notte. Sentì dei rumori alle sue spalle, ma ebbe paura di voltarsi. Invece, afferrò l'altra mano della bambola e le tenne entrambe contro il suo petto.

Si ricordò di una volta in cui sua madre aveva deciso di darle una lezione. Erano state al cinema. Lei aveva detto che avrebbe comprato altri popcorn.

"Non parlare con nessuno e non voltarti".

"Va bene, mamma".

Dalla fila in fondo, Katie non sapeva che sua madre la stava guardando. Lei e un altro uomo, non Mark, aspettarono che lei si girasse.

"Ah!", la rimproverò la madre.

"Ah, lasciala stare", aveva detto l'accompagnatore della madre quando Katie era scoppiata a piangere.

Più tardi lui lasciò il teatro e dovettero prendere un taxi per tornare a casa.

La madre di Katie promise che non avrebbe mai più fatto quel gioco. Lei si strinse nelle braccia.

CAPITOLO 8

BENJAMIN

DOPO AVER ELABORATO NELLA sua mente i piani A e B, pensò a cosa dire. "Andrà tutto bene", sussurrò a se stesso. No, suonava banale. "Ti porterò in un posto sicuro", sussurrò, l'avrebbe spaventata? Dopo tutto era un estraneo. Era una situazione difficile e non voleva dire la cosa sbagliata.

Allo stesso tempo, doveva pensare anche alla propria sicurezza. Era un adolescente, uscito tardi, in un parco pubblico. Sorvegliava una bambina e si assicurava che non le venisse fatto del male. Per gli altri, la sua presenza poteva essere fraintesa.

Per non parlare del fatto che i ragazzi da soli negli spazi pubblici potevano trovarsi in situazioni di ogni tipo. Soprattutto se arrivavano branchi

di ragazzi che volevano saltargli addosso o scatenare una rissa.

Una volta, tanto tempo fa, era stato inseguito senza sosta da una folla del genere, riuscendo a scappare solo perché correva più veloce. Solo a pensarci ora gli tornarono in mente tutti i terrori. Si strinse nelle braccia.

Fissò un limite di tempo. Se nessuno verrà a prenderla entro altri trenta minuti", sussurrò, "allora le parlerò".

Quando i trenta minuti arrivarono e passarono, passò in rassegna i piani. Piano A: si sarebbe offerto di aiutarla accompagnandola a casa. Piano B: se non avesse saputo l'indirizzo, si sarebbe offerto di accompagnarla alla stazione di polizia. In ogni caso non avrebbe lasciato il lungomare finché quella povera bambina abbandonata non fosse stata da qualche parte, al sicuro.

CAPITOLO 9

KATIE

S I MISE A SEDERE, allertata dai passi in lontananza. Tacchi alti. Il cuore le si gonfiò. Sua madre stava tornando a prenderla, finalmente!

Sollevò la bambola e guardò il lampione sopra di lei. Immaginò che la luce scendesse e la riscaldasse. Avrebbe voluto pensarci prima, perché non aveva più freddo. L'immaginazione era una cosa magica: si poteva sempre pensare di allontanare le cose brutte.

Si ricordò delle altre volte in cui sua madre l'aveva abbandonata. Una volta era rimasta l'unica bambina a scuola alla fine della giornata. Una delle insegnanti se ne accorse e la portò dal preside come se avesse fatto qualcosa di sbagliato. Non l'aveva fatto.

Più tardi, quando la madre venne a prenderla, il preside sbuffò.

In altre occasioni, sua madre l'aveva lasciata per lunghi periodi di tempo con persone che conosceva. Questa volta era diverso. Era tutta sola.

I tacchi alti si avvicinarono.

CAPITOLO 10

BENJAMIN E KATIE

B ENJAMIN FRUSCIAVA NEL CESPUGLIO sempreverde, osservando la bambina. Per lui era come una sorella minore, anche se non si erano mai incontrati prima. Era saggio oltre la sua età. Nel sistema di affidamento doveva proteggere gli altri. Una o due volte ha dovuto mettersi in pericolo perché nessuno lo ascoltava. Guardando il telefono, fece un respiro profondo. Il secondo periodo di trenta minuti era finito. Poi sarebbe andato da lei.

I tacchi ticchettarono sul marciapiede.

Sporse la testa fuori dai cespugli, scostando un ramo. Voleva vedere la tanto attesa riunione felice. Questa donna non era la madre. Continuò a camminare.

Lui sospirò.

Finché la donna non tornò indietro e si avvicinò alla bambina sulla panchina. Si chinò e sussurrò qualcosa.

"Mi dispiace, ma non mi è permesso parlare con gli estranei", disse Katie, indietreggiando.

La donna puzzava come se avesse fatto un bagno nel vino rosso puzzolente che mamma e Mark bevevano in bicchieri di lusso. Si tappò il naso con le dita.

"Mi chiamo Jenny", disse. "E tu come ti chiami?".

Non parlò, continuando a tapparsi il naso per allontanare l'odore.

"Sei troppo giovane per stare qui fuori tutta sola. Dove sono i tuoi genitori?". La donna si guardò intorno e sussurrò: "Vieni e dimmi il tuo nome, così non saremo più estranei".

Benjamin non sentì nulla, finché la donna disse: "Alzati!".

E in un attimo fu lì, come se fosse stata lanciata una granata.

La donna, di nome Jenny, allungò la mano e cercò di costringere Katie a prenderla, ma lei si teneva ancora saldamente il naso con una mano e la bambola con l'altra.

"Eccoti qui!", disse, agitando l'indice verso di lei. "Ti ho detto di contare fino a dieci e poi di venire a cercarmi!".

"Io", disse lei, "mi dispiace".

"Tut", disse la donna di nome Jenny, mentre armeggiava nella borsetta e tirava fuori il telefono. Se lo portò all'orecchio, iniziò a parlare e si allontanò. Nell'oscurità risuonò il rumore delle sue scarpe.

"Ti dispiace se aspetto qui con te?", chiese lui. Lei annuì e lui si sedette sulla panchina accanto a lei. Quando non si sentiva più il rumore dei tacchi, lui disse: "PU, ora so perché ti tenevi il naso!".

"L'odore è cattivo, ma il sapore è ancora peggiore".

"Hai assaggiato il vino?" chiese.

"Una volta, è un segreto. La mamma non lo sa".

"Il tuo segreto è al sicuro con me", disse. "Vuoi che ti accompagni a casa?".

"Sto aspettando la mia mamma. Dovrebbe venire a prendermi presto". La sua voce vacillò e si guardò i piedi.

"C'è qualcuno che posso chiamare per venirti a prendere? Proprio nessuno?".

"No. Viene sempre la mamma".

"Allora non ti dispiace se aspetto qui con te?".

"Come vuoi", disse Katie.

Il trio si sedette insieme sulla panchina del parco. Una bambina dai capelli biondi con una bambola sosia e un adolescente dai capelli scuri.

"Come ti chiami?", chiese. "Mi chiamo Katie".

"Io sono Benjamin, ma puoi chiamarmi Benji, se vuoi".

"Una volta ho visto un film con un cagnolino di nome Benji. Sembrava trasandato, come te".

Si spazzolò i capelli con le dita.

"Oh, non volevo", disse lei. "Voglio dire, non sembri troppo trasandato".

Lui rise e anche lei lo fece. Per un po' ascoltarono le onde che sbattevano sugli scogli e guardarono le stelle che danzavano nel cielo sopra di loro.

Lei rabbrividì.

"Oh, hai freddo. Vorrei avere un cappotto da darti".

"Non importa, è il pensiero che conta".

"Hai ragione, è il pensiero, ma sono anche le azioni e le intenzioni che stanno dietro ai pensieri che li hanno ispirati. Intendo dire che è il seguito. Capisci dove voglio arrivare?". Lei annuì.

Rimasero in silenzio per qualche istante prima che Benjamin parlasse di nuovo.

"Sapevi che puoi pensare il contrario di quello che provi e cambiare tutto?".

"So che l'immaginazione è potere", disse lei con un sopracciglio alzato. "Ma come?".

"Ah, sei uno scettico?".

"Lo sono?", esitò. "Che cosa sono?".

"Uno scettico è una persona che non crede a ciò che ha sentito - a meno che non abbia delle prove. Vuole che le mostri come fare, per cambiare tutto?".

Lei sorrise: "Sì, per favore!".

Lui cominciò: "Quando ho freddo, canto nella mia testa una canzone che è l'opposto dell'essere freddo...".

"Intendi dire caldo?".

Annuì.

"Non conosco nessuna canzone calda".

"Se non conosci una canzone calda, inventane una come questa:

Oggi fa un caldo assurdo,

Il mio gelato si sta sciogliendo.

Mentre il sole splende

Mentre il sole splende su di me.

Il cioccolato quando si scioglie.
Ha un sapore ancora più buono
Con il sole che splende
Con il sole che splende così caldo".

"Conosco la melodia, ma le parole sono diverse", disse lei.

"Ah, hai riconosciuto che stavo cantando le mie parole a Frère Jacques".

"È molto intelligente", disse lei.

"Ti senti più caldo adesso?".

Aveva smesso di tremare e la pelle d'oca sulle braccia era sparita. "Funziona!"

Continuarono a cantare insieme la canzone, sulle note di Frère Jacques. Ben presto cantare di cibo li fece sentire entrambi affamati.

"Sai fischiare?", chiese lui.

Lei si guardò i piedi. "No, ma non ho bisogno di saperlo fare, non se conosco le parole".

"È vero", disse lui.

Tornarono a guardare il cielo. Quando lei trovò l'uomo nella luna, fece finta di

un pezzo di formaggio dalla sua faccia. Ne offrì un morso prima a Benji.

"Questo è il miglior formaggio che abbia mai assaggiato".

Prese un altro boccone: "Sono così pieno", esclamò con un sospiro".

Rimasero in silenzio per un po'.

"Quanto lontano abitate?".

"Non è lontano, ma con questi sandali - che pizzicano - sembrerebbe di sì. E poi non ho la chiave".

"Oh, sì, vedo che le tue caviglie sembrano rosse".

"E poi la mia mamma mi ha detto di non muovermi da questo punto".

Incrociò le braccia. "Ok, aspetteremo, ma non è sicuro per noi restare qui ancora a lungo".

"E la tua mamma e il tuo papà?", chiese lei, che ora cominciava a sentire di nuovo il freddo e a cantare nella sua testa la canzone del sole.

"Sono in paradiso".

"Mi dispiace", disse lei, accarezzandogli la mano.

"Non fa niente, è successo anni fa". Lui rimase in silenzio, cantando la canzone solare nella sua testa. "Ho un'idea. Potresti venire a casa mia. Tu puoi dormire nel letto e io sulla grande poltrona. Potremmo tornare domattina e aspettare tua madre".

"Quando la mia mamma tornerà, se mi sarò mosso di un centimetro, si arrabbierà".

"Le spiegherò tutto. Vorrebbe che tu fossi in un posto sicuro. Con me sarai al sicuro".

"Oh", disse lei, guardandosi intorno. "È buio".

"Sì, e quando è tardi e buio - beh, si può essere nel posto sbagliato al momento sbagliato. Possono succedere cose terribili".

Incrociò le braccia, sentendo di nuovo freddo.

"Non voglio spaventarti, ma credo che dovrei portarti a casa. Forse la tua mamma è già lì che ti aspetta".

"Non credo, ma...".

"Vale la pena di provare", si alzò. "Vediamo cosa ne pensa la tua bambola". Fece qualche passo e si chinò, come se la bambola gli stesse sussurrando all'orecchio. "Oh sì", disse. "Lo so, ma sicuramente la mamma della tua amica capirà. Hmm. Sì".

"Che cosa sta dicendo?".

"Anche lei vuole andare a casa. È stata una giornata terribilmente lunga". Poi alla bambola: "Ma a Katie fanno molto male i piedi, dovremmo lasciarti qui per portarla a casa a cavalluccio".

"Non possiamo lasciarla qui. È la mia migliore amica".

"Ed è una buona amica, che ti tiene compagnia qui tutto il giorno".

Guardò il telefono, la batteria si sarebbe esaurita presto. Non poteva portare lei e la bambola sulle spalle. Doveva chiamare il 911 e far venire la polizia a prenderla? La stazione di polizia era un'opzione, ma era piuttosto lontana.

"Conosci la strada per arrivare a casa tua?".

"Credo di sì".

"Ok, Katie, allora ti propongo il piano A".

"Che cos'è il piano A?".

"Il piano A è che ti porto a casa a cavalluccio, così non devi camminare e non ti fai ancora più male ai piedi. Se la tua mamma è in casa, allora tornerò e ti porterò la tua bambola. Ti va bene?".

"Sì, mi piace il piano A".

"Ora il piano B", disse. "Se hai un piano A, dovresti sempre avere anche un piano B".

Lei incrociò le braccia e annuì.

"Il piano B, solo se la mamma non è a casa, potrebbe andare in un modo o nell'altro".

"Quale strada mi piacerà di più?" chiese lei, poi aspettò che lui rispondesse.

Riconsiderò le opzioni. Doveva chiamare la polizia o portarla a casa e tornare domattina? Le spiegò.

"In ogni caso, devo lasciare qui la mia bambola, giusto?".

"Che ne dici di nasconderla laggiù nel cespuglio sempreverde? Sarà come se ti aspettasse sotto l'albero di Natale! Poi possiamo tornare a prenderla domattina. Profumerà di Natale e potrà raccontarvi la sua avventura".

Si chinò e la bambola sussurrò qualcosa. "Va bene", disse lei.

Una parte di lui sperava che sua madre fosse a casa. L'altra si preoccupava di lasciarla con una

madre che non si fosse preoccupata di andarla a prendere. Sentì la voce di El nella sua testa. "Non giudicare", avrebbe detto. Come sempre, El - sperava - avrebbe avuto ragione.

El era sposata con Abe. Erano i suoi tutori legali, i suoi padroni di casa e i suoi datori di lavoro. Da quando aveva abbandonato la scuola superiore, passava la maggior parte del tempo con loro e sapeva che avrebbero capito e voluto aiutarlo.

Benjamin abbassò il braccio e le fece un inchino. "Mia signora, è pronta per essere trasportata a casa?".

"Ho dimenticato una cosa", disse lei, con il labbro imbronciato.

Lui inarcò le sopracciglia: "Cosa hai dimenticato?".

"Non dovrei parlare con gli estranei".

"Sì, beh, non siamo più estranei. Tu conosci il mio nome e io conosco il tuo, e sono entusiasta di offrirti il trasporto verso la tua umile casa". Si mise in ginocchio.

"Alzati!", ordinò lei, ridacchiando, mentre saliva sulla panchina. Benji si girò, lei gli gettò le braccia al collo e subito si allontanarono.

"Aspetta un attimo", ordinò lei, indicando la bambola.

"Ops", disse Benji, raccogliendo la bambola. La nascose sotto i cespugli sempreverdi.

"Hai ragione", disse Katie. "Qui c'è proprio profumo di Natale".

"Tutto pronto per andare ora?".

Dopo che lei gli ebbe detto di cosa si trattava, Benjamin digitò l'indirizzo di Katie sul suo telefono.

Lei ridacchiò. "Ti dispiace se ti faccio una domanda?".

"No, fai pure".

"È personale, riguarda la tua mamma e il tuo papà".

"Non mi dispiace, è successo molto tempo fa. Chiedi pure".

"La mamma mi dice sempre che non devo andare troppo sul personale".

"A me va bene così".

"Tu, parli con loro?".

Era sorpreso. Nessuno gli aveva mai fatto questa domanda. "No", rispose.

"Mai, mai?".

"No".

"Si giri di nuovo qui". Si girò. "Non pensi che si sentano soli senza di te?".

"Io", non sapeva come rispondere e non lo fece per qualche minuto. "Mi hanno lasciato, da solo. È stato un incidente, ma...".

"Non parli con loro perché pensi che l'incidente sia stato colpa loro?". Lei si strinse di più a lui, appoggiando la testa alla sua spalla.

"Non sono arrabbiata con loro. Non mi hanno abbandonato di proposito, ma sì, sono arrabbiata".

"Con Dio?"

"Ero arrabbiata con tutti, poi ho incontrato i Julius'. Mi hanno accolto e mi hanno dato una casa. Mi hanno aiutato a costruire una nuova vita. A far parte di nuovo di una famiglia. Mi hanno anche detto che era giusto piangere. Essendo un ragazzo, non ero abituato a non avere problemi. Sei una bambina, quindi non dovrei scaricare i miei problemi su di te. Penso che dovremmo parlare di qualcos'altro".

L'angioletto non disse nulla per qualche minuto. Si era addormentata profondamente.

Ben presto scoprì che aveva ragione riguardo alla distanza. Non era stata affatto troppo lontana.

La prima cosa che notò subito fu che la casa di lei era completamente al buio. Aveva sperato di vedere almeno la luce del portico accesa per dare il benvenuto alla bambina. Invece, anch'essa era completamente buia e gli fu difficile trovare il campanello.

trovare il campanello. Suonò un paio di volte ma, come si aspettava, non rispose nessuno.

Fece un passo indietro e passò lo sguardo su tutte le case circostanti, su entrambi i lati della strada. Anch'esse erano tutte immerse nell'oscurità, anche se per un attimo gli sembrò di vedere una tenda muoversi all'ultimo piano della casa di fronte. Non avendo altra scelta, tornò indietro per la strada che aveva percorso.

La piccola Katie non era pesante, ma lo sarebbe diventata col passare del tempo e per arrivare a casa sua era ancora una lunga passeggiata. Era molto contento di non aver accettato di portarsi dietro la bambola. Sperava che fosse abbastanza al sicuro dov'era.

Lei alzò la testa: "Hai notato?".

"Cosa?"

"A volte la tenda si sposta dall'altra parte della strada. La mamma dice che abbiamo un vicino ficcanaso".

"Oh, non ho notato nulla. Ma sono vicini simpatici?".

"Non lo so. La mamma mi dice sempre di non parlare con gli estranei".

"Anche i vostri vicini?".

"Sì, soprattutto i nostri vicini ficcanaso".

"Ok, Katie, allora credo che ora siamo al piano B".

Lei sbadigliò. "Piano B."

"Sì, signora", disse lui, accelerando il passo. Lei russò sulla sua spalla, mentre una sirena suonava. Chiuse gli occhi quando il vento sollevò polvere e pezzi di carta. Un cane abbaiava in lontananza.

Lei alzò la testa quando arrivarono davanti alla porta di casa Julius. "Siamo qui", disse, "ma shhh, El e Abe stanno dormendo. Il mio appartamento è lassù". Indicò le scale. Quando arrivarono in cima, lei russò forte. Lui le tolse i sandali che pizzicavano, poi le rimboccò le coperte.

Lei era mezza addormentata: "Devo fare pipì", disse.

Lui le indicò il bagno e poi andò nell'angolo cottura dove preparò loro dei panini al formaggio tostati e della cioccolata calda.

"Dove sei, Benji?", chiese lei quando uscì dal bagno.

"Proprio qui", disse Benjamin, portando i panini e la cioccolata su un vassoio.

Dopo aver mangiato, Katie fece il più grande sbadiglio e si mise a dormire. Le rimboccò le coperte e notò che stava già dormendo profondamente.

Si tolse le scarpe e i calzini e si mise una coperta sulla comoda poltrona. Anche lui si addormentò in un attimo.

CAPITOLO 11

BENJAMIN E ABE

AL MATTINO, QUANDO IL primo spiraglio di luce fece capolino attraverso le tende, Benjamin si svegliò. Si stiracchiò e per un attimo dimenticò perché stava dormendo sulla comoda poltrona. La coperta gli rotolò via e cadde sul pavimento in un grumo. Si alzò e, sebbene fosse un uomo giovane, il suo corpo gli doleva. Avrebbe dovuto rinominare la sedia perché non la considerava più una sedia comoda.

Scrollò i dolori e poi il suo sguardo cadde su Katie. Sussurrò il suo nome, anche se lei stava russando. Come se sapesse che stava pensando a lei, alzò la mano. Lui pensò che stesse sognando la scuola. Lei borbottò qualcosa di impercettibile, abbassò la mano, si girò verso la finestra e si riaddormentò.

Benjamin la lasciò dormire, lasciando la porta socchiusa per poterla sentire se si fosse svegliata.

Allontanandosi dalla porta, si chiese se lei fosse il tipo di bambino - come lo era stato lui - che si spaventa al risveglio in un luogo sconosciuto. Dato che aveva detto che sua madre la lasciava spesso con altri, ma tornava sempre a prenderla, preferì scegliere la prudenza, per sicurezza.

In bagno si mise in ordine, poi mise a bollire il bollitore nel suo angolo cottura. Aveva voglia di una tazza di tè caldo e dolce e di pane tostato imburrato.

Mentre aspettava, pensò alle famiglie e a come le domande di Katie avessero risvegliato nella sua mente alcune questioni irrisolte.

I suoi genitori erano morti, lasciandolo orfano. Si rese conto che li rimproverava per averlo abbandonato, anche se non era colpa loro. Non avendo altri parenti di sangue, era entrato nel sistema di affidamento. Si era

Si era chiuso, schermato in quel sistema dopo che il suo primo periodo era stato in una casa violenta.

Dopo quell'esperienza, era passato dall'essere un bambino addolorato a uno terrorizzato. Poi, invece di trasferirlo in una casa sicura, lo hanno spostato in una ancora peggiore. E poi in un'altra e in un'altra ancora. Pensava di essersi meritato la sfortuna, ma ora sapeva che lì avrebbe dovuto essere protetto. Invece non aveva nessuno di cui fidarsi e si era messo in modalità "combatti o fuggi". Essendo troppo piccolo per lottare per se stesso contro tutti gli adulti e gli altri bambini delle case, ha fatto quest'ultima scelta. Forse era per questo che sentiva il bisogno di incolpare i suoi genitori dopo tanti anni, perché doveva dare la colpa a qualcuno che non fosse lui stesso.

Dopo essere scappato, lo raggiunsero e lo misero di nuovo in un istituto dove subì abusi fisici e mentali. In alcuni casi, preferiva quelli fisici a quelli psicologici. E di nuovo è scappato, cercando di non fidarsi mai più di nessuno.

Poi, per puro caso, incontrò El e Abe. Erano fuori per una passeggiata serale, tenendosi per mano. Erano anziani, forse il doppio dei suoi genitori. Quando aprì loro il suo cuore, El lo abbracciò. Gli diede da mangiare. Abe ascoltava. El lo invitò a venire a dormire nella loro stanza degli ospiti. Da allora non ha mai lasciato la loro casa, se non quando si è trasferito dalla stanza degli ospiti al suo appartamento. Era il giorno del suo tredicesimo compleanno.

Mentre mescolava il tè e aggiungeva lo zucchero, pensò alla madre di Katie. Era tornata? Sarebbe stata ancora lì quando Katie si sarebbe svegliata? Sperava che ci fosse. Sperava che fosse così felice che sua figlia fosse salva. Così felice e così sollevata che non l'avrebbe mai più abbandonata. Ma i cattivi genitori sono sempre cattivi genitori. I leopardi non cambiano macchia.

Immaginò la madre di Katie che trovava la bambola nascosta tra i cespugli. Si sarebbe fatta prendere dal panico e avrebbe chiamato la polizia? Le sue impronte sarebbero state ovunque. Tuttavia, lui non avrebbe cambiato nulla anche se avesse potuto, perché l'unica cosa che voleva fare era aiutarla.

Stringendo la tazza, si mise a camminare. Forse avrebbe dovuto portare la bambina alla stazione di polizia. Ora avrebbe potuto trovarsi in difficoltà.

Anche quando gli adolescenti dicevano la verità, confessavano, gli adulti non credevano loro. Non se c'era un altro adulto coinvolto.

Bevve un altro sorso, mentre qualcuno bussava alla porta del suo appartamento. Era il signor Julius, Abe, il suo tutore, padrone di casa e capo. "Vieni con me, shhh", disse mentre Abe lo seguiva su per le scale del suo appartamento. Benjamin mostrò ad Abe uno scorcio di Katie addormentata. Poiché lei aveva dato un calcio alle coperte, lui entrò in punta di piedi e le rimise sopra di lei. In silenzio tornarono in cucina.

"Chi è?" Chiese Abe.

Benjamin esitò, chiedendosi da dove cominciare. "Si chiama Katie e sua madre non è venuta a prenderla ieri.

dal lungomare ieri. Non sapevo cos'altro fare e l'ho portata qui".

Abe disse a Benjamin che avrebbe dovuto portarla direttamente alla stazione di polizia.

Benjamin scosse la testa. "Era troppo stanca e spaventata". Si alzò, staccò il telefono in ricarica: "Ora posso chiamarli".

"Aspetta", disse Abe. "Pensiamoci ora che è qui". Sorseggiarono altro tè in silenzio. "Hai fatto la cosa giusta. Sono orgoglioso di te".

"Ieri sera io e Katie abbiamo parlato di portarla al distretto. Abbiamo deciso di aspettare, per dare a sua madre un'altra possibilità questa mattina. Inoltre, abbiamo lasciato lì la sua bambola. È a grandezza naturale, una delle importazioni natalizie che vendete".

Abe sorrise. "Davvero? Non mi ricordo di lei, ma forse El lo farà. Anche se sono sicuro che non siamo l'unica azienda che vende bambole".

"È vero", disse Benjamin. "Altro tè?"

Abe annuì e dopo un attimo di silenzio. "Credo che ogni genitore meriti una seconda possibilità, ma se stamattina non si presenta, chiamo la polizia".

Benjamin aggiunse altro tè alla tazza di Abe. Esitò, poi sussurrò. "Se la madre di Katie ne denunciasse la scomparsa dopo che l'ho portata qui, mi cercherebbero. Potrebbero anche arrestarmi se tornassi a prendere la bambola".

"Aspetta un attimo", disse Abe. "Ti ha visto qualcuno?".

"Una donna, che ha cercato di convincere Katie ad andare con lei".

"E nessun altro?".

"Un agente ha chiacchierato brevemente con lei all'inizio della giornata, ma non è tornato. Non mi ha visto con lei".

"Non ha senso preoccuparsi dei "potrebbe" e dei "potrebbe"", disse Abe. "Non potevi lasciarla lì tutta la notte. È una vera e propria negligenza, per non dire un crimine da parte della madre. Se ignoraste la bambina, sareste complici". Sorseggiò. "Anche se ha fatto la cosa giusta, anche il rapimento della bambina è un crimine".

Benjamin ansimò: "Io, io l'ho portata qui, al sicuro".

Abe accarezzò il dorso della mano dell'adolescente. "Lo so, e lo sai anche tu, ma la polizia crederà alla tua storia?".

Benjamin allontanò la mano e si alzò in piedi. Cominciò a camminare. "Quando si sveglierà, la porterò direttamente dove l'ha lasciata sua madre. Spiegherò a sua madre. Lei capirà. Le farò capire".

Anche Abe si alzò. Prese la sua tazza e la sciacquò. "Sarebbe coraggioso. Ma se la madre negligente ti accusasse di aver preso sua figlia per tirarsi fuori dai guai?

fuori dai guai? Voglio dire, se denunciasse la sua scomparsa. Hai pensato a cosa succederebbe, in quel caso?".

Benjamin si sedette e mise le mani ai lati della testa. "Allora cosa dovrei fare?".

"Vai sul lungomare a prendere la bambola. Se la madre è lì, allora è ottimo riportarla qui con te. Altrimenti, torna indietro e lascia che me ne occupi io con il sergente Miller giù al distretto. Ti ricordi di Alex Miller?".

"Sì. Grazie, Abe".

"Tu, chi", chiamò El dal piano di sotto.

"Vieni a vedere", disse Benjamin, "vieni di sopra". Quando lei fu in cima, lui si portò un dito alle labbra: "Shhh". Lei annuì e in punta di piedi entrarono nella stanza degli ospiti, dove Katie stava ancora dormendo profondamente.

"Un bambino. Cosa mai?"

"Non preoccuparti, la metterò al corrente dei dettagli. Nel frattempo", disse Abe, "tu vai in riva al mare mentre la bambina dorme. Se la madre non c'è, torna subito indietro".

Benjamin annuì. "Grazie, Abe ed El. Vado di corsa".

Abe spiegò tutto alla moglie. "Sono curioso di sapere se la madre ha fatto questo genere di cose in passato".

"È quello che mi chiedevo anch'io", disse El.

Nel frattempo, Benjamin corse in riva al mare dove prese la bambola. Il suo telefono vibrò.

"Nessuna traccia della madre?". Abe mandò un messaggio.

"No, ma ho la bambola. Sto tornando adesso".

Abe gli inviò un'emoji con il pollice in su. Ha detto a El: "Non c'è traccia della madre della bambina e devo prepararmi per l'apertura del negozio".

"Rimarrò qui con lei", disse El. Si sedette sulla sedia mentre Katie dormiva. Qualche tempo dopo, El andò a riordinarsi per prepararsi al suo turno.

CAPITOLO 12

KATIE E BENJAMIN

KATIE E LA SUA bambola erano fianco a fianco su un'enorme ruota panoramica che girava in continuazione. Quando arrivò in cima, si fermò, mentre le loro gambe penzolavano oltre il bordo. Katie allacciò la presa alla sbarra. Per un attimo si sentì al sicuro e protetta. Finché la barra non si sciolse tra le sue dita e l'auto cominciò a oscillare. All'indietro e in avanti, poi da un lato all'altro. In lontananza, il vento ululava, poi un cane ululava. La bambola cominciò a scivolare. Lei si allungò per afferrarla, il carrello si rovesciò e loro caddero.

Lei urlò!

A quel punto Benjamin era tornato. Corse nella stanza. "Svegliati Katie", disse. "Stai facendo un brutto sogno".

Quando capì di essere al sicuro, Katie gli gettò le braccia al collo e si aggrappò a lui per salvarsi. Quando il suo respiro rallentò, sbadigliò e disse: "Sto morendo di fame!".

"Meno male che sei invitata a fare colazione con Abe ed El, andiamo".

Uscirono dall'appartamento di Benjamin ed entrarono in casa. In cucina Benjamin mise otto uova in una pentola d'acqua bollente. Chiese a Katie di occuparsi del tostapane, poiché avrebbero avuto bisogno di otto fette.

"Adoro i soldati del toast!" esclamò Katie. Quando il pane fu tostato, Benjamin lo imburrò. Lo tagliò a strisce: la dimensione perfetta per immergerlo nei tuorli d'uovo che colavano.

"Cosa stavi sognando?" Chiese Benjamin. "A volte è meglio condividere un brutto sogno. Se vuoi".

"Non voglio pensarci", disse Katie sedendosi al tavolo della cucina.

La signora Julius, El, fece capolino in cucina. "Salve", disse sorridendo nella sua direzione.

Katie, spostata la sedia, corse da El e gettò le braccia intorno alla vita della sconosciuta. Si abbracciò strettamente, come se si fossero già incontrate.

El la accarezzò a lungo sulla testa, combattendo le lacrime, poi la scacciò dal tavolo.

Benjamin la guardò, capendo come si sentiva Katie. El aveva quel tipo di viso, quegli occhi da cui uscivano gentilezza e dolcezza. Lui stesso l'aveva presa in simpatia all'istante e ora Katie stava facendo lo stesso.

"È meglio che porti questo al negozio, così Abe potrà fare uno spuntino", disse El. "Sai quanto odia lavorare da solo in negozio. Il sabato è il nostro giorno più impegnativo. Questo dolcetto sarà una sorpresa gradita".

Benjamin portò in tavola le uova nei portauovo.

El si chiuse la porta alle spalle mentre usciva.

"È una signora simpatica, vero?".

Katie era raggiante sia con gli occhi che con il sorriso. "Sì, è la mia prima amica immediata".

Benjamin scosse la testa. "Amico istantaneo: questa è una cosa nuova per me". Toccò la parte superiore di una delle uova, che erano ancora troppo calde per essere aperte.

Katie fece un respiro profondo, poi chiuse gli occhi. Li riaprì. "Ho ferito i tuoi sentimenti? Perché io e te non siamo stati subito amici?".

Benjamin sorrise. "Niente affatto". Aprì il primo uovo. "Mi chiedevo solo". Mise un po' di burro e sale sull'uovo, poi ne aprì un altro e fece lo stesso.

"Non ho mai conosciuto mia nonna. El, assomigliava alla nonna che avevo in testa, per questo è diventata subito un'amica".

"Ha senso".

El tornò e i tre intinsero i loro soldatini di pane nelle uova che colavano.

"Sei una cuoca davvero eccellente", disse Katie.

Sorrise mentre pulivano e mettevano i piatti sporchi nella lavastoviglie. "Muoviamoci. Ricordati che abbiamo delle cose da fare".

"E posti da vedere", ridacchiò lei.

"Sono felice che siate qui", disse El.

***

BENJAMIN PETTINÒ I CAPELLI di Katie, che notò profumare di miele e cannella.

"Scommetto che la mia mamma mi sta cercando. Possiamo andare a cercarla ora sul lungomare?".

Con un sorriso, Benjamin uscì dalla stanza chiedendo: "Non hai dimenticato qualcuno?". Tornò pochi secondi dopo nascondendo qualcosa dietro la schiena. "Voilà!", esclamò rivelando la bambola a Katie.

La ragazza le gettò le braccia al collo, piangendo e sussurrando quanto le mancasse il suo gemello. Benjamin aveva ragione: la sua bambola profumava come la mattina di Natale, e questa era una buona cosa. Quello che non andava bene era che si sentiva un po' fradicia in alcuni punti. Fece una smorfia.

"Ah, hai notato che è un po' umida", disse Benjamin. "Portatela qui vicino alla bocchetta di ventilazione e sarà subito a posto".

Insieme misero la bambola vicino alla stufa, poi Benjamin suggerì. "Ti piacerebbe imparare a lavarti i denti con il dito? Finché non ti procuriamo uno spazzolino?".

Katie squittì e si divertì a imparare. Poi Benjamin le allacciò i sandali.

"La tua mamma non c'era, in riva al mare, quando ho ritirato la bambola stamattina".

Le uscì il labbro inferiore. Tremava.

Si guardò i piedi. "Non preoccuparti. Il signor Julius, cioè Abe, ha un amico che lavora alla stazione di polizia".

"Oh, no", disse Katie.

"Qual è il problema?".

"Lo scopriranno".

"Scoprire cosa?".

"Non posso dirtelo, ma non voglio che la mia mamma si metta nei guai".

"Non preoccuparti, l'amico di Abe è una brava persona. Saprà come aiutarti. Nel frattempo, oggi io e te possiamo stare con El".

Il bambino annuì.

"Potrebbe anche lasciarti aiutare nel negozio, come una bambina grande".

Katie sorrise. Per il momento si era distratta dai suoi problemi.

CAPITOLO 13

ABE E POLIZIA SARGENTE MILLER

ABE CHIESE ALLA MOGLIE di occuparsi del negozio e stava già andando a piedi a trovare il suo amico alla stazione di polizia, il sergente Alex Miller. Aveva riconsiderato l'idea di chiamarlo. Sarebbe stato meglio una visita di persona, visto che erano amici di vecchia data.

Quando si erano incontrati per la prima volta anni prima, Alex era un giovane ufficiale e un novellino. Abe stava lavorando nel suo negozio, quando due uomini armati fecero irruzione e rubarono i contanti della cassa. Abe se l'era cavata con una leggera botta in testa. Era così grato che sua moglie fosse andata dai grossisti quel giorno.

Dopo aver contattato la polizia, questa inviò Alex insieme a un agente più anziano. L'agente più anziano suggerì ad Abe di assumere qualcuno che sorvegliasse la porta. Disse che si trattava di
che si trattava di questo o di pagare un costoso sistema di sicurezza. Abe non poteva permettersi

nessuna delle due opzioni. Compilarono un rapporto e se ne andarono, ma Alex tornò. Si offrì di fare il secondo lavoro, a pagamento. Essendo un giovane ufficiale, non gli mandavano molte ore di lavoro.

Abe accettò di pagare Alex due ore al giorno e i due divennero amici. Dopo pochi mesi di collaborazione, un altro negozio nella stessa striscia di quello di Abe fu svaligiato. Alex arrestò entrambi i criminali da solo. In seguito Abe li identificò in un confronto e i malviventi furono mandati in prigione.

Da quel momento Alex iniziò a fare carriera. Lui e Abe rimasero comunque in contatto e quando Alex si sposò, lui ed El parteciparono alla cerimonia. Quando ebbero il loro primo figlio, lui ed El furono invitati al battesimo. Una bambina seguita da due gemelli maschi. Nel corso degli anni, Abe ed El parteciparono al Natale e al Ringraziamento in casa Miller.

Poi, quando Benjamin è entrato nella loro vita e Alex è stato promosso a sergente, hanno perso i contatti per quanto riguarda le questioni familiari.

questioni familiari, ma riuscirono comunque a riunirsi di tanto in tanto per una tazza di caffè.

Arrivato alla stazione di polizia, chiese alla reception di poter incontrare il sergente Miller, che gli fu detto non essere disponibile. Abe rimase seduto nella sala d'attesa per un po', finché non notò un cartellone pubblicitario dall'altra parte della stanza con foto di bambini. Bambini scomparsi.

Abe si avvicinò per dare un'occhiata più da vicino dopo essersi pulito gli occhiali. Nessuno dei bambini aveva i capelli lunghi e biondi. Soddisfatto che la bambina di nome Katie non fosse tra quelle del manifesto, si sedette di nuovo.

Arrivò il sergente Miller e i due amici si strinsero la mano. Miller suggerì loro di allontanarsi dalla stazione in un caffè raggiungibile a piedi. "Lì non saremo disturbati e a me farebbe bene una pausa".

Si sedettero in una cabina del caffè e Abe chiese come stavano gli altri a casa.

"È passato un po' di tempo, vecchio amico, vero? Stanno bene, grazie", disse Miller. Aprì il telefono e mostrò ad Abe un breve video della cerimonia di diploma dei suoi gemelli. "Henry vuole diventare medico", disse Alex con orgoglio. "Jimmy vuole diventare avvocato". Sfogliò altre foto, poi si fermò. "E Jenny, perché lei e Will ci hanno appena dato il nostro primo nipotino. È una vera bellezza". Lasciò la foto aperta perché Abe la guardasse e tornò a preparare il suo caffè aggiungendo due creme e un dolcificante.

"Ah, è proprio carina. Congratulazioni a lei e a sua moglie per essere diventati nonni per la prima volta". Sorseggiò il caffè. "Oh, e il medico è una professione molto rispettata, così come lo è l'avvocatura. Entrambe sono scelte professionali più sicure del tuo lavoro". Rise e poi mescolò la tazza di caffè.

"Questo è certo", concordò Alex bevendo un sorso. Il caffè forte gli bruciava il labbro, ma ne bevve comunque un altro sorso.

"Il mondo sta diventando sempre più pericoloso", continuò, "e spero di andare in pensione in un futuro non troppo lontano. Inoltre, non voglio preoccuparmi che i miei figli mettano a repentaglio la loro vita quando io posso finalmente rilassarmi".

I due amici sorseggiarono e intinsero le ciambelle nei loro caffè.

"Allora, cosa ti porta a vedermi oggi?". Chiese Alex guardando l'orologio. "Spero che tua moglie non ti stia creando problemi".

Abe sorrise. "No." Esitò. "Ho un amico".

"Oh, no, non il bavaglio di "Ho un amico"".

Abe continuò: "Ho un amico", sorrise, "che è un po' in difficoltà".

"Dimmi di più".

"Ieri sera ha trovato una bambina sul lungomare, seduta da sola. Abbandonata dalla madre. L'ha portata al sicuro".

"Il tuo amico è un buon cittadino", disse Alex. "Quindi, in questo scenario, come posso aiutare?".

"Il mio amico si sta chiedendo se potrebbe essere nei guai per essersi fatto coinvolgere in questa situazione. Lui è minorenne e la bambina era troppo traumatizzata per portarla al distretto. Se il mio amico si facesse avanti ora, finirebbe nei guai per aver ritardato la denuncia?".

Alex considerò la questione. "Quanto bene conosci questo ragazzo?".

Abe si alzò a sedere: "Ti ricordi di Benjamin?".

Alex finì di bere il suo caffè. La cameriera tornò e chiese se volevano qualcos'altro. Quando rifiutarono tutto, tranne il conto, lei sparecchiò le tazze.

"Oh, sì, me lo ricordo. Un bel ragazzo ben educato che apprezza la fortuna di far parte della vostra famiglia".

"È sempre stato come un figlio per noi", disse Abe. "E a proposito di famiglia e di figli, mi chiedevo una cosa".

"Ti ascolto".

"L'altra sera ho visto un programma, Matlock, te lo ricordi?".

"Sì, però è un po' datato, soprattutto i suoi abiti bianchi". Miller rise.

"Sì, però mi ricordo quando erano in voga: abiti bianchi e ghette. Sì, sono così vecchio".

Rise, poi continuò. "Nel programma si diceva che una persona non può denunciare la scomparsa del proprio figlio per ventiquattro ore. È un programma americano, come lei sa, ma mi chiedevo se qui è lo stesso".

"In Canada si può denunciare la scomparsa di un bambino in qualsiasi momento. Non c'è un periodo di attesa".

"Oh, non lo sapevo" disse Abe. "Interessante".

"La maggior parte delle persone pensa che siano ventiquattro ore", disse Alex. "Questa disinformazione può essere attribuita alle repliche e alle fake news".

Abe rise. "Allora qualcuno ha denunciato la scomparsa di un bambino, intendo dire qui in città, da ieri?".

"Non che io sappia", disse Alex. "Potrebbe essere che io non ne sappia ancora nulla. A volte le cose passano inosservate alla stazione". Si avvicinò. "Ho bisogno di sapere: dov'è la bambina adesso?".

"Benjamin ce l'ha presentata questa mattina. El sta facendo un sacco di storie, come può immaginare".

Il sergente Miller annuì mentre il suo telefono squillava. C'era bisogno di lui in centrale.

Chiese se era stata denunciata la scomparsa di un bambino, una bambina, nelle ultime ventiquattr'ore. Ha staccato. "Nessuna nuova segnalazione di bambini scomparsi".

"Capisco", disse Abe. "Che cosa dobbiamo fare adesso?".

Miller disse: "Se la portate in centrale, ci occuperemo di lei finché non interverranno i servizi sociali".

"Si è ambientata così bene con noi".

"Sì, lasciarla con voi in questo momento potrebbe essere la soluzione migliore. Mentre noi indaghiamo. Non vorrei che venisse data in affidamento prima del tempo. Soprattutto se si tratta di un primo reato".

"La terremo al sicuro".

"So che lo fareste, ma devo chiedere al mio capo. Per come la vedo io, probabilmente è meglio lasciarla dov'è". Si alzò. "C'è qualcos'altro che vuole dirmi, prima che faccia delle indagini?".

"Oggi Benjamin è tornato sul lungomare nella speranza che la madre della bambina fosse lì, ma non c'era".

"È un bene che non sia tornata", disse Miller. "Bisogna indagare. Per vedere se è recidiva". Controllò di nuovo l'ora. "Quanti anni ha il bambino?".

"Non lo so per certo, ma mi aspetto che ne abbia sette o otto".

Miller lasciò il caffè parlando al telefono e tornò qualche minuto dopo. "Per ora può restare con voi. Nel frattempo, chiederò ai miei agenti di tenere d'occhio una donna che si aggira sul lungomare. Ha idea di che aspetto abbia?".

"No, deve parlare con Benjamin. Oppure posso chiederglielo io e farglielo sapere?".

"Certo. Scoprilo e mandami un messaggio". Allungò la mano, che fu accolta calorosamente.

"Grazie", disse Abe.

Miller aggiunse: "Qualunque cosa accada, non consegnare il bambino. Se la donna si presenta, prendete tempo e chiamatemi. In qualsiasi momento, ventiquattrore su ventiquattro. Voglio parlare con lei e dirle il perché. Inoltre, voglio assicurarmi che sia in regola e che capisca gli errori che ha commesso. Se necessario, coinvolgerò i servizi sociali".

Abe ha detto che avrebbe mandato un messaggio con la descrizione della donna il prima possibile.

"Bravo", disse il sergente Miller, mentre si separavano dal bar.

Abe, invece di andare subito a casa, andò al Waterfront. Si sedette su una panchina e ascoltò i gabbiani e le onde. Dopo trenta minuti in cui non vide nessuno, tornò al negozio dove sua moglie uscì per salutarlo.

"Bello come l'oro", disse El mentre baciava il marito prima sulla guancia sinistra e poi su quella destra.

Notò che la moglie aveva una marcia in più e le guance erano arrossate. Gli ricordava i giorni del loro primo corteggiamento.

✳✳✳

Dopo aver parlato con El del suo incontro con il sergente Miller, Abe chiese ai bambini cosa stessero guardando in televisione.

"C'è SpongeBob SquarePants", disse Katie. "È divertente".

"Puoi aggiornare Benjamin su quello che è successo più tardi, se ti va bene? Vorrei parlargli fuori per un paio di minuti".

Lei annuì.

"Hai scoperto qualcosa, giù alla stazione?". Benjamin chiese dopo essersi chiuso la porta alle spalle.

"Ti aggiornerò tra un attimo, ma al momento il sergente Miller vuole che gli trasmetta una descrizione della madre di Katie via SMS". Passò il telefono a Benjamin. "Tu vai avanti e digita le informazioni. Sei più veloce a digitare".

Benjamin cliccò: Salve sergente Miller. Sono Benjamin. La madre di Katie indossava un abito scuro senza maniche, un foulard rosso e scarpe con il tacco alto. I suoi capelli erano scuri, quasi neri, e ieri indossava occhiali da sole scuri quando c'era il sole".

"Altezza?" Miller rispose.

"Circa 1 metro e 70 - senza i tacchi".

"Grazie. S.A.M."

Benjamin ricambiò con un'emoji del pollice in su. "Allora, dimmi cosa hai scoperto su Katie".

"All'inizio l'ho tirato fuori come ipotesi. Abbiamo parlato e poi l'ho informato sui dettagli".

"Ok, mi sembra giusto".

"Posso confermare", disse Abe, "che non è ancora stata denunciata la sua scomparsa".

"Deve essere successo qualcosa a sua madre. Spero che stia bene".

"Il sergente Miller, Alex, ha detto che hai fatto bene a portarla qui. I suoi agenti terranno d'occhio la madre. Se si fa vedere, la porteranno qui per interrogarla. Se ci saranno novità su Katie, ce lo faranno sapere".

"Grazie ancora, Abe".

"Visto che è sabato e Katie non deve andare a scuola, è una buona cosa. Speriamo che si risolva tutto prima di lunedì e che possa tornare in classe come se nulla fosse".

"Sì", disse Benjamin, pensando già a quanto gli sarebbe mancata quando se ne sarebbe andata.

El entrò nel corridoio e il trio bisbigliò insieme.

"Io e Abe pensiamo che starebbe più comoda nella stanza degli ospiti".

Benjamin sembrò deluso e il suo sguardo si posò sul pavimento.

El lo toccò sul braccio. "Posso tenerla d'occhio mentre voi due vi occupate del negozio. Possiamo fare cose da ragazze".

Abe interviene: "Anche tu hai bisogno di dormire, Benjamin, e quella vecchia sedia non è adatta per dormirci".

"Sono anni che vogliamo far sostituire quella vecchia sedia".

"È sulla mia lista delle cose da fare", disse Abe. "Uno di questi giorni mi deciderò a rivestirla".

"Meglio buttarla nel cestino o usarla come legna da ardere. Avevo intenzione di sistemare un po' la stanza. Anche quelle librerie hanno bisogno di essere rifinite".

"Lo aggiungerò alla lista".

El lo baciò sulla fronte. "Sarebbe bello rendere la stanza più femminile".

"Rimarrà qui solo per poco tempo".

"Lo so, lo so. Ma mi fa pensare a mia sorella minore Sammy. Samantha. Alle marachelle che combinavamo insieme". Lanciò un'occhiata al marito. "Ho sempre desiderato una bambina tutta mia e questa è la cosa migliore. Anche se solo per un po'".

Abe le mise un braccio intorno alle spalle. "Ho capito, voi due volete giocare insieme".

El lo baciò sulla guancia e i tre si abbracciarono in gruppo.

Quando si separarono, Abe chiese: "Katie conosce il suo indirizzo?".

"Lo conosce e l'abbiamo controllato ieri sera. Non c'era nessuno in casa e lei non ha le chiavi. È in Ontario Street, al numero 74".

Abe richiamò Google Maps sul suo telefono e inserì l'indirizzo con l'intenzione di recarsi alla casa. Dopo aver dato un'occhiata di persona, avrebbe comunicato l'indirizzo al suo amico, il sergente Miller. "Il bambino avrà bisogno di cose", disse Abe, dando la sua carta di credito a Benjamin. "Compra vestiti casual, un pigiama, scarpe decenti, calzini e biancheria intima. E uno spazzolino da denti".

Benjamin mise in ordine la cucina mentre Abe parlava della sua visita alla stazione di polizia. "Oh, e un'altra cosa: se Katie vede sua madre, o viceversa, non deve essere restituita a lei. Vogliono prima parlare con la donna alla stazione di polizia".

Katie entrò in cucina: "La mia mamma è nei guai?".

"No, no, tesoro", disse Benjamin. "La polizia vuole assicurarsi che stia bene, tutto qui". Le arruffò i capelli. "Ora lavati la faccia e spazzolati i capelli". Lei andò in bagno e chiuse la porta.

"E se sua madre facesse una scenata? Voglio dire, se mi vede, un estraneo con sua figlia?".

Abe sussurrò: "Ha abbandonato sua figlia. Chiunque avrebbe potuto prenderla, quindi dubito che farà una scenata". Controllò che Katie non fosse uscita. "Inoltre, quella povera donna potrebbe non avere la testa a posto. Se vede la bambina, chiama la polizia e non muoverti. Chiedi del sergente Miller. Si ricorda di te e se ne occuperà".

Benjamin si sedette e rimase in silenzio.

"Vedo che ti abbiamo fatto preoccupare", disse Abe. "La bambina saprà cosa le piace e di cosa ha bisogno, e il personale ti assisterà".

Benjamin si guardò i piedi: non sapeva nulla di come comprare vestiti per una bambina.

El disse: "Vuoi che venga con te?". Guardò il marito. "Se per te va bene? È dopo le 15, quindi non ci sarà molto da fare".

Benjamin annuì. "Ti prego, Abe".

Katie imitò le parole di Benjamin. "Ti prego, Abe".

Incapace di resistere, Abe annuì.

"Andiamo a fare shopping, per te", disse Benjamin. "Tu, El e io".

Katie strillò di gioia.

CAPITOLO 14

UNA GIORNATA DI SHOPPING

IN BREVE TEMPO KATIE ebbe tutto quello che c'era sulla lista.

"Ora andiamo a mangiare qualcosa", suggerì El.

Entrarono in un bar sulla strada principale. Katie ordinò un frullato alla fragola, El chiese un tè forte e Benjamin una coca cola con ghiaccio.

El sorseggiò il suo frullato. "Vuoi chiedermi qualcosa, vero El?".

El annuì. "Come fai a conoscere quel bambino?".

"Non c'è problema se me lo chiedi. Non mi dispiace".

El esitò, poi chiese: "Qual è il tuo colore preferito?".

Katie rise, evidentemente non era la domanda che si aspettava. "Non ho un colore preferito. Perché sceglierne uno, quando ce ne sono così tanti?".

El sorrise. Non è la risposta che si aspettava.

"Ho una domanda", chiese Benjamin. Esitò mentre El e Katie aspettavano. "Chi ha comprato la bambola per te? È stata tua madre?".

Katie sorseggiò un altro frullato con la cannuccia. "È stato lui", disse.

El si avvicinò: "Tuo padre?".

"No, Mark, un amico di mia madre. Era un regalo. Mi porta sempre dei regali".

"Per Natale? O per il tuo compleanno?". Chiese Benjamin.

"No, per niente regali. Si presenta e porta qualcosa per me".

"Oh", disse Benjamin, lanciando un'occhiata a El. "Allora, com'è il tuo frullato?".

"Sa di paradiso", disse Katie, poi si mise un dito sulle labbra.

"Cosa c'è che non va?" Chiese El.

"Sto solo pensando...".

"A cosa?" Chiese Benjamin. "Non sei obbligata a dircelo se non vuoi".

Katie ci pensò su, poi disse: "Se la mia mamma fosse qui, starebbe bevendo un frullato al caramello. Sorseggeremmo lentamente. Sorseggiamo sempre lentamente. Io l'ho dimenticato e ho sorseggiato in fretta, e ora è tutto finito". Fece il broncio.

"Ne vuoi un altro?" Chiese Benjamin.

"Posso?"

"Certo." Chiamò il cameriere.

Quando arrivò Katie disse: "Aspetta, non me ne serve un altro".

"Perché no?" El si informò.

"È semplice. Ora che posso averne un altro, questo è sufficiente".

Benjamin ed El si guardarono e poi tornarono a guardare Katie.

"Sei unica nel tuo genere, bambina", disse El.

"È quello che dice sempre la mamma".

Pagò il conto e andarono in strada.

"Posso indossare le mie scarpe nuove, per favore?".

"Certo che puoi", disse El, mentre toglieva i sandali a Katie.

La ragazza mosse le dita dei piedi all'interno delle scarpe da corsa e poi rimbalzò lungo il marciapiede. El e Benjamin cercarono di starle dietro.

CAPITOLO 15

TORNA A CASA

TORNARONO A CASA DOVE trovarono Abe seduto su una sedia a dondolo. Le sue spalle erano accasciate e le sue mani erano incrociate sul grembo.

El si avvicinò a lui e lo baciò sulla fronte. "Vado a fare un bagno a Katie. L'aiuterà a dormire dopo tutta l'agitazione".

"Buona idea, amore", disse Abe. Poi a Benjamin: "Com'è stato lo shopping?".

"È stato divertente - Katie è piena di energia. Persino io ho avuto difficoltà a starle dietro".

Abe sorrise. "Mi dispiace di essermelo perso". Abbassò la voce. "Ho altre informazioni. Preferirei condividerle

con te ed El nello stesso momento. Quando il piccolo dorme".

Benjamin sbadigliò.

Abe disse: "Perché non vai su e ti riposi un po'. Ci sentiamo tra un'ora, ok?".

"Mi sembra un buon piano. Grazie". Salì le scale.

***

Q UANDO KATIE SI ADDORMENTÒ, si riunirono in salotto. El preparò alcuni panini. Abe era particolarmente affamato. Non aveva mangiato dalla colazione.

"Si è addormentata subito", disse El. "Ed era bella nella sua nuova camicia da notte da principessa".

"Abbiamo trascorso una giornata meravigliosa oggi, grazie mille per il tuo aiuto El".

"È stato un piacere".

Abe finì di masticare il suo panino, si pulì la bocca e bevve un sorso d'acqua. "Ho una notizia. Non è una storia facile da raccontare. Vi prego di non interrompere o fare domande finché non avrò finito".

Sia El che Benjamin si avvicinarono e acconsentirono.

"Dopo aver chiuso il negozio alle 17, sono andato a casa di Katie. Non avevo programmato di andarci fino a domani, ma qualcosa mi ha fatto venire voglia di andarci oggi e così ci sono andato". Fece una pausa.

Andare avanti, pensava Benjamin, ma sapeva che dirlo sarebbe stato scortese.

"Bussai alla porta d'ingresso, non rispose nessuno ma le tende erano aperte. Mi sono fermato e ho ascoltato i rumori provenienti dall'interno, niente. Girai intorno al lato della casa e sul retro. Non c'era alcun segno che indicasse che lì viveva un bambino, né giocattoli, né biciclette, né altalene, né palloni. Non c'era nemmeno il bucato appeso al filo.

"Ho ordinato un taxi e l'autista mi stava aspettando sul marciapiede. Sono andato alla porta accanto e ho bussato. Mi ha risposto un uomo, che mi ha detto che nella casa accanto viveva qualcuno, una bambina e una donna, e che non sapeva altro. Poi mi ha sbattuto la porta in faccia.

"Nella mia visione periferica, ho visto una tenda muoversi dall'altra parte della strada. Ho attraversato la strada e ho bussato. Mi ha risposto una donna, che mi ha invitato a entrare per bere qualcosa.

"Ha visto il taxi in attesa e gli ha detto di andarsene. Disse che ne avrebbe contattato un altro quando fossi stato pronto ad andare. Accettai, pensando che avrebbe potuto darmi informazioni sulla madre del bambino. Era una persona impegnata, su questo non c'erano dubbi. Di solito l'avrei evitata, ma in questo caso le informazioni per il benessere del bambino erano fondamentali, quindi rimasi.

"La sua casa era pulita e ordinata. Non correvo alcun rischio e l'unico rumore in casa sua era il ticchettio incessante di un orologio a pendolo. Ci sedemmo e condividemmo una tazza di tè.

"Quando le chiesi del bambino, mi disse che nella casa di fronte c'era sempre qualcosa che non andava. Grida. Una porta girevole di uomini e auto parcheggiate nel vialetto e a volte si riversavano in strada. Pensava che fossero uomini sposati. Oh, e disse anche che l'ultimo uomo elegante aveva un'auto di grossa cilindrata e un autista. La madre di Katie era sulla bocca di tutti".

El si portò una mano alla bocca: "Povera piccola".

Benjamin cambiò argomento. "Hai scoperto qualcosa su Katie?".

Abe sospirò. "Tranquilla e ben educata", spiegò Judy Smith, la vicina di casa. "Ha detto di aver notato madre e figlia ieri mattina. Si è distinta perché era un giorno di scuola e la bambina portava con sé una bambola a grandezza naturale. Tuttavia, non le ha viste tornare a casa.

"Quando si è stufata di parlare con me, è andata davanti alla porta di casa sua e ha fischiato in strada. Suo figlio, un tassista, si fermò davanti a lei. Mi ha spinto fuori dalla porta d'ingresso, nel veicolo e ho dato all'uomo un indirizzo falso. Non volevo che conoscessero il mio indirizzo. Sembravano eccentrici".

"Intende dire pazzi?".

Abe annuì, poi si versò una tazza di tè e ne offrì una a El e Benjamin.

"Ora potete fare domande", disse.

✳✳✳

P ASSARONO ALCUNI MINUTI, FORSE quindici o più, prima che El rompesse il silenzio. "Quella povera creatura. Come doveva essere la sua vita, con uomini che andavano e venivano a tutte le ore del giorno e della notte". El si trattenne da un singhiozzo, che proveniva dall'interno del suo nucleo materno. "Non c'è vita per nessun bambino... e poi ci siamo noi. Tu e io, che non potremmo mai avere un figlio nostro".

"Ecco, ecco", disse Abe, accarezzando il braccio della moglie. "Sono esattamente i miei sentimenti. Non c'è giustizia in questo mondo. Non c'è una logica o una ragione. Eppure, chi siamo noi per giudicare?".

"Tutto quello che so", interviene Benjamin, "è che Katie ama sua madre".

"Anche una bambina maltrattata ama sua madre", disse El.

"La prova è nell'abbandono", disse Abe.

"Forse non è stato possibile evitarlo. Non sappiamo cosa sia successo", disse Benjamin.

"È vero. Mi dispiace di aver giudicato così in fretta. Allora, cosa succede adesso?". Chiese El.

"Aspettiamo", disse Abe. "E facciamo domande, senza turbare la piccola Katie. Scopriamo quello che possiamo. Nel frattempo il sergente Miller si occuperà delle cose da lui. Gli ho trasmesso l'indirizzo di Katie; Benjamin gli ha dato una descrizione della madre. Controlleranno gli ospedali, l'obitorio e il lungomare".

"L'obitorio", disse El. "Non voglio pensare che quella piccola sia tutta sola al mondo".

"Lo so, lo so", disse Abe. Cambiò argomento. "Oh, e prima che mi dimentichi". Si frugò in tasca e tirò fuori una busta che mise sul tavolo. "Questa era nella cassetta della posta a casa di Katie".

"Abe, è un reato federale rubare la posta di un'altra persona!". El esclamò. Questo sfogo non bastò a impedirle di girare la busta in modo che sia lei che Benjamin potessero leggerla.

"Ne sono pienamente consapevole", confermò Abe. "Ma ora sappiamo che il nome di sua madre è Jennifer Walker".

Benjamin sbadigliò e si alzò, poi baciò El sulla guancia. "Katie non è più sola. È qui con noi". Le diede la buonanotte. "Grazie per il tuo aiuto". Abe gli diede una pacca sulla spalla come un padre farebbe con un figlio.

Al piano di sopra si cambiò in pigiama e si mise a letto. Era troppo stanco per tirare giù le coperte e si accoccolò nel piumone.

$$***$$

BENJAMIN ERA IN PIEDI sul bordo del tetto di un alto edificio, incapace di guardare giù, con le dita dei piedi già oltre la linea. Era notte e le stelle erano fessure, come occhi nel cielo, che lo guardavano e lo invitavano ad andare avanti. Salta, sembravano dire. Salta e basta.

Traballava e barcollava. Era facile andare avanti come tornare indietro, ed era tutto solo. Tutto solo al mondo, senza nessuno che si prendesse cura di lui. Nessuno che si prendesse cura di lui. Nessuno che si preoccupasse della sua vita o della sua morte.

Aveva letto molti libri che parlavano di eroi. Ragazzi che, come lui, avevano perso i genitori e avevano fatto cose straordinarie nella loro vita. Naturalmente, questo tipo di personaggi erano di fantasia.

Aspetta un attimo! Io sono una brava persona. Aiuto le persone. Penso agli altri prima che a me stesso. Non mento, non rubo, non faccio del male agli altri e mantengo sempre, quasi sempre, le mie promesse.

Perché quasi sempre? gli chiese una voce dall'alto.

Non rispose, anzi, si rovesciò sul bordo e si svegliò sul pavimento accanto al suo letto. I suoi vestiti erano umidi di sudore, ma era al sicuro. Al sicuro e in salute. Anche se erano le 4 del mattino, non si sarebbe riaddormentato. Si sistemò a giocare con il telefono. Sotto la sua stanza sentiva qualcuno camminare avanti e indietro. Probabilmente era Abe. Si mise le cuffie. Dopo che alcuni amici si erano uniti a lui, si immerse completamente in un gioco online per più giocatori. Continuò a giocare finché il sole non si alzò all'orizzonte, poi tornò a letto

CAPITOLO 16

ABE E EL

ABE NON RIUSCIVA A dormire. "Sei sveglio?"

"Adesso sì".

"Ho un po' di fame, e tu?".

"Ora che sono sveglio, lo sono anch'io. Vieni che preparo qualcosa. Di cosa hai voglia?".

Mentre camminavano lungo il corridoio, guardarono Katie.

"È proprio un angioletto".

"Lo è." Ora in cucina Abe disse: "Un panino al formaggio tostato mi andrebbe bene".

"Ok, tu metti su il bollitore e io accendo la griglia".

Quando il cibo fu pronto e il tè in infusione nella pentola, si sedettero e mangiarono i loro panini.

"È stato davvero un successo, grazie".

"Il cibo di conforto lo fa sempre". Lei spinse indietro la sedia.

"No, siediti un attimo. Voglio parlare con te".

"Una tazza di tè?" Abe annuì e lei riempì le loro tazze. "Che cosa ti preoccupa? So che c'è qualcosa".

"Ricordi che avevamo parlato di adottare Benjamin?".

"Sì, ma dato che aveva già quindici anni, abbiamo deciso di non procedere".

"Eppure, continuo a pensare che se lo adottassimo, se mi succedesse qualcosa, lui sarebbe di famiglia e potrebbe aiutarti con il negozio. Di sostituirti se necessario. E se succedesse qualcosa a te, sarebbe un aiuto importante per me".

El mescolò il suo tè. "Vuole essere adottato? Non ha più bisogno di noi come quando è venuto a vivere con noi. È un ragazzo indipendente. Non vorrei incatenarlo a noi".

Abe alzò la voce. "Incatenarlo a noi? È questo che pensi? IO, IO...".

"Calmati, amore. Tra un paio d'anni sarà abbastanza grande da volare via da solo - e ha tutto il diritto di andarsene. Com'era quel detto, se ami qualcuno lascialo libero e se torna è tuo".

"E se non torna, non lo è mai stato. Non ricordo chi l'ha detto".

"Forse Kipling, o una persona saggia come lui. Non dico che non tornerebbe mai, anzi credo che lo farebbe. Adora lavorare in negozio".

"Sì, e un giorno potrebbe essere il proprietario della bottega, gestire la bottega. Portare avanti la nostra eredità".

"Se lo vorrà".

"Certo."

"Cosa ti piacerebbe fare? Cosa ti tranquillizzerebbe?".

"Vorrei parlare con Travis, il nostro avvocato, per chiedergli un consiglio".

"Non dovremmo prima affrontare l'argomento con Benjamin?".

"Se lo facessimo e cambiassimo idea dopo il parere dell'avvocato - potrebbe avere delle ripercussioni. Preferirei verificare prima, poi potremo decidere. Se decidiamo di procedere questa volta, possiamo parlare con lui e vedere cosa ne pensa".

El sbadigliò. "Oh, scusatemi". Prese la mano del marito nella sua. "Sembra che abbiamo un piano. Ora torniamo a letto, la piccola si alzerà presto per fare colazione".

CAPITOLO 17

MI MANCHI...

ABE ED EL SI erano finalmente addormentati quando Katie emise un urlo in fondo al corridoio.

El fu al suo fianco in pochi secondi, quasi come se l'avesse previsto. Appena Katie la vide, le gettò le braccia al collo.

Abe arrivò poco dopo. "Qual è il problema, piccola?".

"Mi manca...", fu tutto ciò che disse prima di premere il viso sul petto di El.

Benjamin entrò nella stanza inciampando. "Cosa c'è?"

Katie rimase immobile, mentre si scambiavano sommessi sussurri.

"Le manca sua madre", disse El. Katie si accoccolò più vicino. "Voi due tornate nei vostri letti, io resto qui con il piccolo". Poi a Katie: "Ti piacerebbe ora, vero? Se io rimanessi qui?". Sussurrò qualcosa a El. "Oh, capisco", disse lei. "Sei sicura?". Katie annuì. "Vorrebbe che rimanessi anche tu, Benjamin. Prendi una coperta da fuori e mettila sopra di te sulla sedia laggiù". Benjamin seguì le sue istruzioni.

"Bene, allora buona notte", disse Abe, chiudendo la porta, felice di tornare nel comfort del proprio letto.

CAPITOLO 18

DOMENICA, DOMENICA

L A DOMENICA MATTINA ERA speciale nella casa dei Julius. Poiché il negozio non apriva prima di mezzogiorno, la famiglia preparava e condivideva sempre una colazione abbondante.

"Oggi ci sono i waffle", annunciò El, tirando fuori la piastra per waffle e collegandola alla presa di corrente. Andò avanti a preparare la pastella finché la griglia non fu pronta.

Nel frattempo, gli altri prepararono la tavola. I condimenti, come sciroppi, frutta, burro e panna montata in scatola, erano tutti disposti sul tavolo.

"I waffle hanno un profumo così buono", disse Katie, mentre El metteva i waffle finiti al centro del tavolo.

"Grazie, amore", disse El. "Abbiamo dimenticato qualcosa, prima che mi sieda?". A nessuno venne in mente nulla, così El prese posto a un'estremità del tavolo, mentre suo marito era all'altra.

"Grazie per il cibo da gourmet", disse Abe, che era la sua versione di una preghiera per il pasto. "Ora, mangiate!". E così fecero.

Katie si sedette e osservò gli altri, dato che non aveva mai mangiato un waffle.

"Cosa stai aspettando, amore?".

"Sto guardando, visto che l'unico waffle che ho mangiato è stato un cono gelato".

"È un'idea intelligente", disse Benjamin. Andò al freezer e tirò fuori un contenitore di gelato napoletano. Poi prese il cucchiaio da gelato dal cassetto e li portò in tavola.

El aiutò Katie a mettere la frutta sul suo waffle, compresi mirtilli e fragole. Aggiunse anche qualche fetta di mela. "Sembra carino", disse la bambina.

"Ora provaci tu", disse Benjamin.

Katie aggiunse una pallina di gelato e una salsa al cioccolato.

"Oh, ho appena pensato a qualcos'altro", disse El, spingendo la sedia indietro. Si rivolse a Katie: "Non sei allergica alle noci, vero?".

"No. Un paio di bambini della mia scuola lo sono, quindi dobbiamo stare attenti, ma non sono allergica a niente".

"Nemmeno io", disse Benjamin, mentre metteva delle noci tritate sulla cima del suo waffle. Poi aggiunse la panna montata, anche se lui, come Katie, aveva già il gelato sul suo waffle.

"Posso avere anche la panna montata?".

Benjamin spruzzò la panna sul waffle di Katie. "Sembra troppo buono per mangiarlo", disse lei, e tutti risero. Il suo viso si illuminò: "MMMMM", disse. "MMMMM."

Dopo aver mangiato tutti, El preparò il caffè.

"Sono troppo pieno per muovermi", disse Benjamin.

"Anch'io", disse Katie, accarezzandosi lo stomaco.

Abe guardò l'orologio: mancava ancora un po' all'apertura del negozio. "Oh, volevo chiederti Katie, come si chiama la tua scuola?".

"Vado alla St. Mary's Elementary", disse Katie.

Abe digitò l'indirizzo su Google.

"Ti piace la scuola?" Chiese Benjamin.

"Va bene.

"Domani chiameremo la tua scuola", disse El, "e faremo sapere che sarai assente per qualche giorno".

"Volete dire che non devo andare?" "No. Vogliamo tenerti qui per il momento".

"Fino al ritorno della mia mamma?".

"Sì, fino ad allora", disse Abe.

"Salti spesso la scuola?". El si informò.

"Solo se sono malato o se la mamma non sta bene, perché non mi lascia camminare da solo".

"La tua mamma sta male spesso?". Chiese Abe, pensando alle accuse di alcol e droga.

Katie cominciò a piangere.

"Basta domande per ora", disse El. Prese la mano di Katie nella sua. "Andiamo a lavare via la panna montata e la salsa al cioccolato dalla tua faccia e a vestirti con il tuo nuovo vestito. Vieni con noi".

Katie la seguì e, a porte chiuse, disse: "La mamma non vuole ammalarsi".

"Certo che no, bambina", disse El mentre passava una salvietta calda e umida sul viso di Katie. "Ora alza le braccia e andiamo a vestirti".

"Sono una bambina grande".

"Anche le ragazze grandi hanno bisogno di un po' di aiuto a volte", disse El strizzando l'occhio.

"Grazie".

"Grazie a te, per aver portato un po' di sole nella mia casa".

Katie pensò per un momento e poi disse: "Ma tu avevi già il sole, perché avevi Benjamin".

El rise. "Hai ragione, vediamo i suoi raggi dorati ogni giorno. Ora vieni con noi, non possiamo permettere che i ragazzi siano pronti prima delle ragazze, no?".

"Non è possibile!" Katie ridacchiò.

CAPITOLO 19

SGT. MILLER

Quando il sergente Miller arrivò alla stazione di polizia, c'era un messaggio urgente per lui da parte del medico legale:

"Il corpo di una donna è stato ritrovato sulle rive del lago Ontario questa mattina presto, vicino al viadotto. Solito luogo di suicidio. Ora è qui all'obitorio. Non è stata identificata, ma corrisponde alla descrizione della donna che mi avete chiesto di tenere d'occhio. La causa del decesso dovrebbe essere verificata a breve. Venga quando arriva, la aggiornerò allora".

Miller si recò immediatamente all'obitorio. Il corpo era sulla lastra e il medico legale e il suo assistente prendevano nota delle informazioni.

"Forse vorrà dare un'occhiata a questo", disse indicando il taglio sulla gola della donna.

"Allora il suicidio è da escludere", suggerì Miller, "in base all'angolazione della lama non può esserselo fatto da sola".

"Esattamente", confermò il medico legale. "E abbiamo anche trovato tracce di pelle e capelli sotto le unghie".

Miller guardò le unghie della donna, dipinte di rosso cardinale. Guardando il viso della donna, vide che all'angolo del labbro superiore era rimasta una sbavatura del rossetto corrispondente.

"Abbiamo già inviato dei campioni al laboratorio. Dovremmo essere in grado di identificare lei ed eventualmente il suo aggressore, se troviamo un riscontro per entrambi nel database".

"Le dispiace se prendo un campione delle sue impronte digitali, in modo da poterle inserire nel nostro database quando torno in ufficio? Potrebbe essere un modo più rapido per identificarla se è stata schedata per qualche reato penale".

Il medico legale annuì.

"Cos'altro sappiamo di lei?".

"L'età è stimata tra i 34 e i 37 anni, ed era pluripare".

"Due parti", disse Miller. "Si può sapere quando ha avuto i bambini?".

"Parto cesareo. Sette o otto anni fa. Il parto vaginale è recente".

"C'è altro?"

"Stimiamo che l'ora del decesso sia sabato sera, tra le 19 e le 21. Nel corpo non sono stati trovati né alcol né droghe". Esitò: "Un'altra cosa, aveva dei morsi sul retro delle gambe". Girò il corpo. "Vedi qui e là, morsi. La causa potrebbe essere una tartaruga da snapping, ma i morsi sono grandi".

"Capisco", disse Miller. "Grazie". Fece una pausa. "Cos'è quello, vicino alla spina dorsale?".

"Una voglia".

Era grande più o meno come un pazzo.

Miller uscì dall'edificio e la luce del sole lo colpì in pieno. Si mise gli occhiali scuri e continuò a camminare verso il suo veicolo pensando al bambino che stava con Abe. Sperava che la donna morta e la madre scomparsa non fossero la stessa persona, ma il suo istinto gli diceva il contrario.

CAPITOLO 20

AQUILA LEGALE

ABE SI ALZÒ E uscì di casa prima che gli altri si svegliassero. Dopo la conversazione con El, fissò un appuntamento con il suo vecchio amico, nonché loro avvocato, Travis Anders.

"Vorrei che tu procedessi alla stesura dei documenti. Quando Benjamin compirà ventuno anni, erediterà la casa e il negozio".

"Ehi, rallenta. E El?" Disse Travis.

"Possiamo aiutarlo nel negozio, se necessario. Ma sarà incentivato a farsi avanti, a impegnarsi di più, visto che un giorno sarà suo".

"Anche El ha bisogno di stare qui. La casa e il negozio sono intestati a entrambi".

"Se ci prepari i moduli, la porterò qui a firmare. Ne abbiamo già parlato".

"Che fretta c'è?"

"Non c'è fretta. Voglio solo far partire il progetto. Quanto tempo ci vorrà per redigere tutto?".

"Dammi una settimana", disse Anders. "Poi dovrai tornare con El. Ne hai già parlato con Benjamin?".

"Non ancora. Voglio vedere come appare sulla carta. Come si incastra tutto prima di coinvolgerlo".

"Sono felice di accettare i tuoi soldi, Abe, ma se preparo i documenti e lui rifiuta, dovrai comunque pagare la mia parcella".

"Capisco. Non vorrei che fosse altrimenti".

"Va bene, Abe. Lascia fare a me. Ti contatterò quando sarà pronto e potrai portare El". Esitò.

"Nel frattempo ne parlerei con Benjamin, anche se si tratta di una situazione ipotetica".

"Una volta firmato, sarà ufficiale?". Chiese Abe. "E se cambiassimo idea?".

"Includerò un codicillo. Nel caso in cui decidiate di revocare l'offerta in futuro".

"Grazie, Travis".

"Oh, e non siete legalmente obbligati a rivelare il Codicillo al ragazzo, a meno che non decidiate di farlo. Inoltre, quando gli porteremo i documenti da firmare, dovrà essere presente il suo avvocato. Se non può permetterselo, suggeritegli di rivolgersi all'assistenza legale. Possiamo parlarne quando ci incontriamo, posso informarlo o consigliargli un altro avvocato. Dovremo dargli un po' di tempo prima che firmi".

"Benjamin è come un figlio per noi", si alzò Abe, "e voglio che sia facile per lui".

"Aspetta Abe, per favore siediti", disse Travis. "Sono il tuo avvocato, ma non posso rappresentarvi entrambi. È per la sua stessa protezione che si rivolge a un avvocato diverso da me".

"Ci conosciamo da venticinque anni", disse Abe. "Mi fido di lei. Il ragazzo non può permettersi un altro avvocato. Mi sembra ridicolo pagare qualcun altro quando mi fido di te".

"Gli spiegherò tutto da solo, in modo che capisca e possa fare domande senza che lei o sua moglie siate presenti. Il Codicillo è per la tranquillità sua e di El. Non è una riflessione sul ragazzo, è una questione di legge. Mettere tutto per iscritto serve a proteggere tutte le persone coinvolte".

"Apprezzo il suo consiglio", disse Abe. Fece una pausa.

"Il che mi ricorda che l'altra sera stavo guardando le repliche di Matlock".

"Adoravo quel programma", disse Travis. "Per favore, continua".

"Beh, nell'episodio hanno cercato di costringere una coniuge a testimoniare contro il marito. Si scatenò il caos, ma Matlock riuscì a far annullare il processo".

"Ah, quel Matlock. Le regole sono cambiate da allora. Oggi in Canada una moglie può essere citata a testimoniare, ma non è obbligata a rivelare nulla. Non se il fatto è avvenuto durante il matrimonio. È il cosiddetto privilegio coniugale, sezione 4 della legge canadese sulle prove".

"Interessante", disse Abe. "Come funziona con i bambini? Un genitore può essere costretto a testimoniare contro un figlio o viceversa?".

"Nel corso degli anni se ne è discusso molto".

"E cosa dice la legge?".

Travis andò alla sua libreria e la sfogliò finché non trovò quello che cercava. "È il diritto fondamentale di un bambino di essere ascoltato in ogni precedente. È l'articolo 12 della Convenzione delle Nazioni Unite sui diritti del fanciullo. Ratificata nel 1991". Chiuse il libro e lo mise via. "Ci sono altre domande?".

"No, grazie per il suo tempo". Abe si alzò e allungò la mano.

"Mi farò sentire", disse Travis.

Abe si avviò verso casa. Avere qualcuno che si occupasse di sua moglie dopo la sua partenza era la sua priorità numero uno. Quasi a casa, si chiese se il sergente Miller avesse qualche notizia da condividere. In questa situazione, nessuna notizia era una buona notizia. Arrivato finalmente a casa, entrò.

CAPITOLO 21

SGT. MILLER ALLA STAZIONE DI POLIZIA

IL SERGENTE MILLER GUARDAVA gli uomini e le donne in manette sfilare nella stazione di polizia. Gli sembrava di essere nel bel mezzo di un brutto programma di reality.

"Era una festa?", chiese all'agente che lo aveva arrestato.

"Sì, una festa di strada nell'East Side. Droghe e alcol dappertutto".

Una donna attirò la sua attenzione, mentre firmava un modulo. Era bionda, con una gonna sensibilmente troppo corta e un trucco eccessivo. Gli diede un bacio. Lui le voltò le spalle. Meglio il cadavere che quella madre.

Si chiese se qualsiasi madre fosse meglio di nessuna madre. Era come la domanda: "Se un albero cade in una foresta, qualcuno sente?". Non c'erano risposte corrette in teoria, ma in realtà nessuna madre doveva essere migliore di altre che aveva incontrato.

Tornò in ufficio giusto in tempo per i risultati della scansione delle impronte della donna sulla lastra. Certo, era presente nel database, ma non era sempre stata del posto. Era del Quebec. Si chiese cosa ci facesse in città. Continuò a cercare informazioni e trovò una denuncia di scomparsa. Sì, era la donna sulla lastra. Sfogliò il fascicolo, controllando il suo passato. Poi chiamò uno dei suoi amici di Montreal. Uno di quelli a cui non dispiaceva conversare in inglese - e lo informò dei dettagli.

"È stato appena trovato il corpo di una donna, in base alla denuncia di scomparsa presentata dal vostro ufficio, si tratta di Marie Levesque", disse Miller.

C'è stato silenzio all'altro capo, prima che l'ufficio LaPlante chiedesse: "Causa della morte?".

"Le è stata tagliata la gola, ma non è ancora stato stabilito se sia stata la causa della morte".

"Glielo farò sapere. Sta lavorando con la Polizia Provinciale dell'Ontario".

"È un agente locale? Posso mettermi in contatto con lui, se preferisce. Gli dica tutto quello che vuole sapere e dove venire per identificare il corpo. Posso essere lì con lui se lo desidera. Se non ha famiglia qui".

"Lei era tutto ciò che aveva", la voce di LaPlante vacillò. "Lavorava sotto copertura".

Miller esitò. "Questo omicidio potrebbe avere a che fare con le sue indagini? La sua copertura è saltata?".

"Non lo so. Lo farò salire sull'asta della bandiera. Io scoprirò quello che posso e lei farà lo stesso da parte sua. Ha conoscenze nell'OPP?".

"Certo, sarò discreto".

"Grazie, Alex."

"Di nulla".

Miller riattaccò, ma tenne il telefono premuto contro l'orecchio. Si strofinò il mento nel punto in cui si trovava la barba. Gli mancava quella barba, ma di certo non mancava a sua moglie.

Almeno non era la madre della piccola Katie, ma era comunque un omicidio. Con l'OPP coinvolta, le cose in città potevano diventare un po' più complicate. Compose il numero di Abe e attese che squillasse più volte.

✳✳✳

"CIAO ABE, SONO IL sergente Miller, sono Alex".

"Ciao."

"Chiamo solo per sapere come sta Katie?".

"Sì, Katie si sta ambientando bene", conferma Abe. "Ci sono novità su sua madre?".

"Abbiamo qualche pista, ma niente di certo".

"Posso aiutarvi?"

"Vorremmo più informazioni su di lei, come il suo cognome".

"È Walker, l'ho scoperto parlando con uno dei suoi vicini".

Si sedette. "Quando?"

"Sabato. Mentre El l'ha portata a fare la spesa e io sono andato a dare un'occhiata".

"Immagino che la signora Walker non fosse in casa".

"Non c'è traccia di lei né di nessun altro. Ho fatto due chiacchiere con i vicini".

"Ha fatto finta di essere uno di noi, cioè un poliziotto?".

"Io? Non credo che riuscirei a farlo, sono troppo basso", disse Abe. Entrambi risero. "Non preoccuparti, sono stato discreto".

"C'è qualcosa di pertinente che vuoi condividere?".

"Beh, un sacco di uomini. Un vicino ha detto che era come se la casa avesse una porta girevole. Ha detto che la madre era sulla bocca di tutti, e non in senso positivo".

"Interessante. Ha percepito animosità o qualcosa di simile a un movente?".

"No, per niente. È ficcanaso e annoiata, ma non è probabile che sia un'assassina. La donna con cui ho passato più tempo era affezionata a Katie. Li ha visti uscire di casa. Si chiedeva perché portasse la sua bambola a scuola. Non li ha mai visti tornare a casa. La mia valutazione è stata: questa donna sa tutto quello che succede, è in strada con tutti".

"Ok, Abe, grazie per avermi informato. Ora però stai lontano dalla zona, lascia a noi le indagini".

"Se lei e gli agenti andate alla casa, vorrei venire con voi, se possibile".

Miller fece un respiro profondo e udibile. "Non è una procedura standard portare con sé un civile e ci vorrà un po' per ottenere un mandato. Probabilmente dovremo sfondare la porta".

"Mi piacerebbe comunque essere presente. Prometto di non intralciare il lavoro, e i vicini mi hanno visto, mi conoscono".

"Visto che si tratta di lei, credo di poter fare un'eccezione se promette di rimanere nel veicolo fino a quando non le dirò il contrario. Le farò un fischio quando avrò richiesto il mandato e una squadra per venire con lei. Se sei pronto, puoi unirti a noi. In caso contrario, ci dirigeremo verso la residenza dei Walker senza di te. Chiaro?".

"Al cento per cento", disse Abe sorridendo al telefono. Riattaccò, poi si rivolse alla moglie che era intenta a spazzolare i capelli di Katie: "Potrei dover uscire appena squilla il telefono".

"Ha qualcosa a che fare con Katie?". Chiese Benjamin. Stava guardando la televisione.

Abe si avvicinò a lui e sussurrò: "Era il sergente Miller in linea. Non hanno notizie certe".

"Posso venire con voi?". Chiese Benjamin.

"Non è necessario, ma grazie", disse Abe. Abbassò la voce a un sussurro: "Il sergente Miller non voleva che mi unissi a lui, ma ho insistito. Detto tra noi, indagheremo su casa sua".

"Ok, fatemi sapere cosa trovate. Nel frattempo, mi occuperò io di gestire le cose qui. Magari porto Katie fuori a prendere un po' d'aria". Benjamin si alzò e disse: "Qualcuno ha voglia di fare una passeggiata?".

"Io!" Katie strillò.

"Anch'io!" Disse El.

Se ne andarono e Abe si sedette accanto al telefono in attesa della chiamata del sergente Miller.

CAPITOLO 22

CONTROLLARE LE COSE

MILLER AGGIORNÒ IL CAPO della polizia sulla situazione di Katie. Mentre aspettava il mandato di perquisizione, organizzò due agenti che lo accompagnassero. Chiamò Abe: "Saremo da te tra dieci minuti, sei pronto?".

"Dieci e quattro", rispose Abe.

Gli agenti ridacchiarono alle spalle di Miller.

"È un brav'uomo", disse Miller, mentre spingeva a fondo il pedale dell'acceleratore.

Abe era estremamente eccitato di partecipare all'operazione. Sorrise quando l'autopattuglia si avvicinò alla casa. Miller scese e gli consegnò un giubbotto antiproiettile che indossò sotto la camicia.

Mentre lo faceva, Miller gli presentò gli agenti Belago e Rippon. Ha stretto loro la mano. Voleva far capire loro che Abe Julius non era una femminuccia.

Abe si spostò per salire sul sedile posteriore, ma i due agenti gli cedettero il posto per farlo salire davanti. "E no, non puoi giocare con la sirena", disse Miller. Gli agenti ridacchiarono.

Miller aveva un po' i piedi di piombo e uno degli agenti dietro lo disse. Rideva. "Sono sempre il vostro capo, anche con un civile sul sedile anteriore. Alla casa, entreremo tutti e tre. Abe, come concordato, resterà nel veicolo".

"Sì, capisco, ma fammi sapere se hai bisogno del mio aiuto".

"Ehm, sì." Poi dando un'occhiata allo specchietto retrovisore: "Una volta entrati ragazzi, daremo una rapida occhiata in giro. Come al solito, indossate i guanti e ricordate di non toccare o spostare nulla".

"Come abbiamo detto, una fotografia della madre e della figlia sarebbe utile. Cercatene anche una con il padre".

Abe si spostò sulla sedia. Avrebbe voluto avere un'altra tazza di tè e chiacchierare con il vicino ficcanaso.

"Ti lascio la radio accesa quando entriamo, così puoi ascoltare qualche brano".

Si fermarono a un incrocio intasato. Un tamponamento tra più veicoli stava bloccando il traffico. Miller accese il semaforo rosso con la sirena e si separò dalla strada, dopo aver chiesto se tutti stavano bene.

"Me la presteresti qualche volta?". Chiese Abe, abbassando il finestrino.

Tutti risero mentre Miller rispondeva: "Neanche per sogno".

"Siamo qui", disse l'agente Belago.

Miller alzò il volume della radio. "Tutto pronto, Abe. Resta qui e tieni duro".

"Proteggerò il veicolo", disse Abe.

Il sergente Miller indossò i guanti. "Andiamo ragazzi".

***

IL SERGENTE MILLER BUSSÒ per primo, poi suonò il campanello, mentre gli agenti Rippon e Belago tenevano gli occhi aperti. Quando nessuno ha risposto, Rippon ha girato intorno al lato destro della casa, mentre Belago ha coperto il lato opposto. Tornarono dopo pochi istanti.

"Tutto libero", disse Belago.

"Tutto libero, capo".

"Ok, vediamo se riusciamo a entrare senza sfondare la porta", disse Miller.

Belago prese degli attrezzi dal bagagliaio dell'auto. In poco tempo riuscirono a forzare la serratura.

Miller infilò la testa dentro e chiamò: "Pronto? C'è qualcuno in casa?".

Non sentendo nulla, si diressero all'interno con le armi pronte. L'unico suono era il ronzio del frigorifero. Miller aprì la porta e lo trovò pieno di cibo, condimenti e diverse bottiglie di vino stappate.

"Non sembra una persona che ha pianificato un viaggio", ipotizzò.

Belago e Rippon indagarono al piano terra.

"Tutto libero e sicuro", riferì Belago.

Sulla mensola del camino del soggiorno erano esposte le foto di famiglia. "Prendi questa", disse Miller indicando la foto di una bambina e di un uomo. Abe non aveva parlato di un padre. In effetti, il vicino aveva detto ad Abe che la casa aveva una porta girevole di uomini. Chi era allora l'uomo nella foto con Katie? Dopo aver guardato tutte le foto esposte, si stupì che non ci fossero foto di madre e figlia.

Gli agenti seguirono Miller su per le scricchiolanti scale di moquette.

"Salve, polizia!" Miller chiamò, con l'arma puntata in avanti e pronta a tutto. Tutto tranne quello che gli assalì il naso. L'indimenticabile puzza di morte.

Gli agenti ebbero involontariamente dei conati di vomito, mentre continuavano a dirigersi verso la cima delle scale. Ora, sul pianerottolo, il puzzo era insopportabile.

In contrasto con la puzza, la prima stanza a destra era una camera per bambini, tutta rosa, con volant sul letto e carta da parati a fiori.

Man mano che proseguivano, la puzza peggiorava e gli occhi si riempivano di acqua: "Non si mette bene, capo", disse Belago, poi trattenne il respiro.

"Non c'è neanche un buon odore", rispose Miller mentre si dirigeva verso la stanza in fondo al corridoio.

Si rivelò essere la camera da letto principale con la porta spalancata e all'interno, nel letto, c'era un uomo morto.

E non era un morto qualsiasi. Era l'uomo che avevano appena visto al piano di sotto in una foto sul caminetto con la bambina.

Era sotto le coperte, ma il busto e la parte inferiore del corpo avevano un aspetto strano, o per essere più precisi erano allineati in modo strano. In posizione eretta, ma non dritta. Gettò indietro le coperte.

"Gesù", disse l'agente Belago osservando che l'uomo era seduto di fianco a se stesso.

"Perché mai qualcuno dovrebbe sedersi in quel modo dopo averlo tagliato a metà?". Chiese Miller.

"Non c'è sangue qui", osservò Rippon, "e non ci sono tracce di sangue".

Da entrambe le metà del busto uscivano viticci carnosi.

"Si è instaurato il rigor mortis, il che spiega la posizione, in qualche modo", disse Miller. "Io lo chiamo, voi due controllate se c'è l'arma". Poi parlò di nuovo al telefono.

"Sì, sono il sergente Miller. Abbiamo bisogno di una squadra forense completa qui. E dei rinforzi per mettere in sicurezza la proprietà. Inoltre, il medico legale, un'ambulanza e un sacco per cadaveri. Oh, e dica loro di non usare le sirene: non vogliamo che tutto il vicinato venga a vedere lo spettacolo. Sì, alle dieci e quattro".

"Capo, abbiamo trovato qualcosa", chiamò Belago dal fondo del corridoio.

Il bagno era un casino di sangue. Nella vasca da bagno c'era una motosega. La candeggina era stata versata sopra, per mascherare l'odore di tutto il sangue.

"È stato sicuramente tagliato qui", disse Rippon, coprendosi il naso con il dorso della mano.

"Candeggina, sangue e deodorante per ambienti: una combinazione letale", disse Miller, trattenendo il respiro.

Chiamò di nuovo: "Dite alla squadra forense di venire in assetto completo". Poi agli agenti: "Vediamo quali prove riusciamo a mettere insieme prima che arrivino gli altri".

"E il tuo amico in macchina?".

"Rimarrà fermo, finché non gli dirò il contrario".

"Non è un tipo curioso?" Chiese Belago.

"È curioso, certo, ma sa quando è il momento di porre un limite".

CAPITOLO 23

IL CORPO

Tornarono nella stanza con il corpo quando squillò il telefono di Miller. Era il capo della polizia che chiedeva maggiori dettagli sull'uomo ucciso. "È morto da un paio di giorni, sulla trentina, maschio, caucasico".

"Ha idea di come sia morto?".

"Sì. Abbiamo trovato una sega elettrica nel bagno. È stato smembrato lì dentro, poi è stato spostato in due parti nel letto. Si sono presi la briga di svuotare prima il corpo e di mettere i segmenti sotto le coperte del letto. Era come se fosse seduto accanto a se stesso".

"Sembra una persona con uno strano senso dell'umorismo".

"Qui vivono una madre e un figlio. Questo tizio era in una foto sul caminetto con la piccola Katie. Non vedo come una donna possa aver fatto questa cosa, senza aiuto".

"Sembra un lavoro per due persone, almeno. Mi aggiorni quando torna in centrale".

"Lo farò", disse Miller, poi si scollegò.

"Sergente", sussurrò Rippon, "questo tizio mi sembra familiare".

"Era nella foto di sotto".

Miller rise. "Sono d'accordo, assomiglia a qualcuno. Forse proviene da una famiglia importante?".

"Pronto!", chiamò una voce femminile dal piano di sotto.

"Gesù, chi è quello?". Chiese Miller, andando in cima alle scale.

La donna nell'atrio corrispondeva alla descrizione della "vicina ficcanaso" con cui Abe aveva detto di aver parlato. Si sporse dalla balaustra.

"Per favore, lasci immediatamente l'edificio".

Lei non si mosse, come se i suoi piedi fossero cementati al loro posto. Cominciò a farfugliare: "Sono così preoccupata per quella bambina, poverina".

Lui iniziò a scendere le scale: "Devi andartene".

Lei sobbalzò.

"Grazie per la sua... preoccupazione, ma dobbiamo andare, subito". La condusse fuori dalla casa e sul prato davanti a casa. Guardò Abe, chiedendosi perché non le avesse impedito di entrare, poi si ricordò che aveva dato al suo vecchio amico istruzioni specifiche di rimanere con il veicolo in qualsiasi caso.

Miller rientrò in casa e si chiuse la porta d'ingresso alle spalle. Era sceso quando erano arrivati la squadra forense e gli altri e li aveva fatti entrare piuttosto che rischiare che qualcuno degli altri vicini si avventurasse all'interno.

Judy Smith si mise a sniffare nel suo fazzoletto sul prato davanti a casa, poi vide Abe sulla macchina. Lo salutò e lui ricambiò il saluto.

Poi si spostò dall'altra parte della strada verso il cortile di casa sua e rimase lì a bocca aperta.

***

NON PASSÒ MOLTO TEMPO prima che diversi veicoli riempissero il vialetto e costeggiassero la strada.

"Non c'è niente da vedere qui", disse uno a Judy Smith.

Abe osservava tutto ciò che accadeva intorno a lui, morendo dalla voglia di sapere cosa stesse succedendo. Cosa avevano trovato all'interno? La madre di Katie era morta? Avevano portato una barella per qualcuno. Forse era ferita? E Judy Smith era entrata in casa, spavalda come il marmo. Se solo fosse riuscito a uscire e a fare domande.

Continuò a guardare, mentre delimitavano la proprietà con quel nastro giallo che aveva visto solo in televisione. E la squadra di persone che entrò indossando maschere e guanti: erano della scientifica. Aveva visto anche loro in televisione.

Sentendosi un'oca giuliva, fu contento quando Miller salì di nuovo in macchina.

Proseguirono, e per tutto il viaggio Miller non pronunciò una sola parola. Nemmeno un saluto quando Abe scese dall'auto.

✳✳✳

S ULLA VIA DEL RITORNO a casa Walker, Miller ripassò quello che sapeva. Era grato che Abe non lo avesse tempestato di domande.

Mentre parcheggiava in fondo alla strada, scese dall'auto. Notò una tenda spostata e si chiese se fosse lì che viveva il vicino ficcanaso. Bussò alla porta d'ingresso e mostrò il distintivo.

"Sergente Miller", disse. "Mi dispiace per prima, ma i civili non sono ammessi sulla scena del crimine".

"Capisco", disse lei. Poi, avvicinandosi, disse: "Non mi perdo mai un episodio di CSI e ho letto tutti i romanzi di Agatha Christie".

Lui sorrise. "Le dispiace se le faccio qualche domanda?".

"No, sarei felice di aiutarti. Sono sempre a casa per problemi di mobilità. Entri pure e si accomodi". La seguì nel salotto. La sua sedia era per metà rivolta verso la televisione e per metà verso la strada. Nella stanza c'era un leggero odore di sigarette e di VapoRub. La donna, di corporatura robusta, si lasciò cadere anziché sedersi sulla sedia.

Miller la lasciò sistemare, poi le chiese: "Quando è stata l'ultima volta che ha visto qualcuno entrare o uscire dalla casa di fronte?".

La donna piegò le mani e le mise in grembo. "Venerdì mattina la bambina e sua madre sono uscite più tardi del solito".

"Si chiama Katie, vero? E sua madre è Jennifer?".

"Sì, è esatto. E si portavano dietro quella bambola".

"C'è qualcos'altro sulla signora Walker? Abbiamo saputo che è tornata a casa, dopo essere uscita, ma senza la bambina".

"Non che io abbia visto". Si fermò. "Oh, ora che ci penso, ho fatto una doccia veloce". Esitò, poi si avvicinò e sussurrò: "Non sono una che racconta storie, ma una cosa che ho notato della signora Walker è che quella mattina indossava una parrucca. Ho pensato: dove diavolo va quella donna con la sua bambina vestita con quei sandali scintillanti e con una bambola in braccio in un giorno di scuola? Ho pensato che forse la stava portando a fare una mostra, ma quella è solo per i bambini più piccoli". Esitò.

Guardò fuori dalla finestra, mentre passava un'auto, poi continuò. "E lei tutta agghindata in quel modo e con una parrucca? Niente di tutto questo aveva un briciolo di senso. E io che pensavo a quella povera bambina.

"Ho vissuto in questa strada per tutta la mia vita adulta e ho visto molte cose strane. Avrei bisogno di molto tempo per raccontarle tutte". Fece un respiro profondo. "Ma a lei non interessa tutto questo, a lei interessano gli ambulanti. Lasciatemi dire che quella mattina è stata la prima e probabilmente l'ultima volta che ho visto un trio così insolito camminare per la nostra strada".

"Una parrucca, eh?" Questa era un'informazione nuova. Tirò fuori carta e penna.

"Sì, era strano. Oltre alla parrucca, Katie indossava dei sandali, inappropriati per la scuola. Quando i miei figli andavano a scuola, sandali del genere non erano ammessi. C'erano delle regole da seguire. Tutto cambia, sempre in peggio". Sbuffò. "Inoltre, quella bambina faticava a stare al passo, erano appena usciti di casa e lei aveva quella bambola al seguito".

"E il giorno prima, ha visto o sentito qualcosa?". Conosceva il suo tipo. Abe aveva ragione. Judy Smith non aveva niente di meglio da fare che ficcare il naso negli affari degli altri. Non era esattamente una qualità che cercava in un amico o in un vicino di casa, ma in questo caso poteva essere la sua unica pista.

Ci pensò su. "Il giorno prima, niente. Nessuno è andato o venuto". Esitò. "Il giorno precedente, però, ricordo qualcosa. Vuole una tazza di tè?". Si girò un po' per guardare un gatto che passava.

"No, grazie", disse lui. "Continui pure".

"Giovedì ero fuori a prendere i vermi per mio figlio".

Alzò lo sguardo dal suo blocco note.

"Mio figlio pesca nel suo giorno libero. Il medico dice che va bene che io raccolga vermi".

Annuì. "Solo i fatti, per favore". Avrebbe tanto voluto che lei arrivasse al punto.

"Ho sentito urlare e alzare le voci".

Si alzò a sedere, ora di nuovo interessato. "Di una donna? Di un bambino?".

"Una donna, sì. E un uomo".

Le fece cenno di continuare.

"Ho finito di prendere i vermi e tutto è diventato silenzioso. Sono tornata dentro".

"Ha idea di chi fosse l'uomo o di quando sia arrivato?".

Lei si accigliò. "Gli uomini andavano e venivano in quella casa. Avrei bisogno di un lungo elenco per tenere il conto". Prese un romanzo in brossura e si sventolò. "Oh, mi ricordo un'altra cosa. Mi è appena venuto in mente. Venerdì verso mezzogiorno, quando è tornata la signora Walker, c'era una macchina ad aspettarla. L'ha fatta entrare nel garage".

"E poi cosa è successo?".

"Mi sono addormentata. A volte dormo qui sulla mia sedia. Ma l'ho sentito, distintamente, un suono stridente. Come un tosaerba, o...".

"Una sega?"

"Potrebbe essere stata una sega".

"Oh", disse. "Ha visto il veicolo partire?".

"No." La porta d'ingresso si aprì stridendo e poi si richiuse sbattendo. "Charlie?", chiamò lei. Charlie era suo figlio tassista e, dopo le presentazioni, lo aggiornò sulla conversazione.

"Sono tornato a casa per pranzo venerdì pomeriggio", disse. "La mamma si era appisolata sulla sedia, ma il rumore l'ha svegliata. L'ho sentito mentre camminavo dalla macchina. Mi è sembrato decisamente una sega elettrica".

"Siete entrambi certi dell'ora?".

Annuirono.

Al piano superiore, Miller sentì una sedia che raschiava il pavimento. "C'è qualcun altro in casa?".

Per la prima volta la donna sembrò nervosa e si strinse le mani mentre parlava. "Sì, è l'altro mio figlio. Salgo tra un minuto!", gridò, senza cercare di alzarsi.

Un suono, come quello di un animale ferito, risuonò nella casa. Dopo due tentativi, era in piedi. "Dicono che non è a posto con la testa, ma è sempre mio figlio".

"Va tutto bene, mamma", disse Charlie, dandole una pacca sul braccio mentre passava.

"Mi piacerebbe conoscerlo", disse Miller.

"Certo, vieni su", disse Judy, mentre saliva la prima scala aggrappandosi alle ringhiere ai lati. Miller le fece da retroguardia. Quando raggiunse la cima delle scale, bussò delicatamente prima di entrare. "Abbiamo un ospite che vuole vederti, tesoro, è un poliziotto".

Miller entrò a spintoni e tese la mano all'uomo, che non ricambiò il favore. Si sedette invece con le dita della mano destra sulla tastiera di un piccolo computer portatile. L'uomo guardava fuori dalla finestra, mentre passava un'auto e cliccava sulla tastiera.

Attraversò la stanza per dare un'occhiata più da vicino. L'uomo stava digitando il numero di targa dell'auto in corsa. Non solo di quella, ma di tutti i veicoli che riusciva a vedere. "Le interessano i veicoli o i numeri di targa?", chiese.

"No, no, no!", gridò, battendosi ai lati della testa con entrambi i pugni.

"Gerald, ora smettila!" disse sua madre, afferrandogli entrambi i pugni e, dopo che si fu calmato, baciandolo sulla fronte mentre li lasciava andare. "Quell'uomo gentile stava solo mostrando interesse per il tuo lavoro".

Gerald batteva sulla tastiera.

"Ora andiamo, non essere più scortese e non mettere in imbarazzo tua madre. Continua a fare un ottimo lavoro". Chiuse la porta dietro di loro. Sulle scale disse: "Ha dei problemi".

"Non tutti", rispose Miller. Ora, nella zona giorno, Charlie non c'era più.

Aspettò che lei si sedesse, prima di sedersi lui stesso. "Hai chiamato lavoro quello che stava facendo, cosa intendevi?".

"Hai mai sentito parlare del termine esacosioihexekontaesafobia o triskaidekafobia?", chiese lei.

"Temo di no. Ma fobia si distingue. Ha delle fobie, di che cosa si tratta?".

"Ha paura di numeri come il sessantasei e il tredici. Non c'è una ragione o un motivo preciso. Quando ha incontrato una psichiatra, lei gli ha suggerito di tenere un registro di lettere o numeri. Lui registra i numeri di targa, che per lui sono più facili da vedere, visto che sta nella sua stanza per la maggior parte del tempo".

"Potrebbe essere utile per noi vedere cosa ha registrato. Da quanto tempo lo fa?".

"Da anni, e sì, si potrebbe organizzare, se fosse utile".

"Non so se lo sapete, ma Jennifer Walker è scomparsa. Qualsiasi informazione sull'andirivieni sarebbe utile".

Le porse il suo biglietto da visita. "Qui c'è il mio indirizzo e-mail. Se può inviarmi il file, non deve essere sistemato o bello. Farò in modo che i miei collaboratori lo esaminino e vedano se c'è qualcosa che possiamo usare".

Lo accompagnò alla porta e lo salutò. Mentre si allontanava, Miller vide le tende del piano di sopra aprirsi un po' e poi richiudersi.

Quel giovane al piano di sopra aveva un tesoro di informazioni. Forse aveva registrato ogni singolo numero di targa di ogni veicolo che fosse mai arrivato in strada.

Si chiese se i vicini sapessero che i loro veicoli e quelli dei loro ospiti venivano etichettati. Sorrise. Se lo avessero saputo, di certo non gli sarebbe piaciuto, e probabilmente era contro ogni legge sulla privacy esistente. Tuttavia, aveva un omicidio da risolvere e una donna scomparsa da ritrovare, e avrebbe usato qualsiasi mezzo a sua disposizione per trovarne la causa.

Mentre tornava alla stazione di polizia, pensò a quanto fosse stato facile per Abe trovare il vicino ficcanaso. Aveva un buon istinto e l'aveva capito subito, ed era la prima volta che visitava il quartiere. Era una valutazione corretta, tutti i vicini sapevano dell'abitudine di Judy Smith di ficcare il naso nelle loro vite. Era per questo che chi aveva fatto a pezzi il corpo lo aveva lasciato lì, sotto le coperte, invece di disfarsene?

Tornò alla stazione di polizia. Per quanto si sforzasse, non riusciva a togliersi dalle narici il fetore della morte. Controllò la posta elettronica, non c'era ancora nulla da parte della Smith.

Non avendo messaggi o nuove informazioni da seguire, si diresse verso l'obitorio. Se non altro, poteva aggiornarli sulle ultime informazioni: Jennifer Walker indossava una parrucca. Ora doveva allargare il campo d'azione.

Non poteva fare molto altro finché non avessero identificato il morto. Avrebbe voluto ricordare dove l'aveva visto. Ma la memoria era fuori portata.

Una cosa sapeva per certo: quell'uomo non stava tramando nulla di buono.

CAPITOLO 24

ABE E EL

QUANDO TORNÒ A CASA, Abe andò subito nel suo ufficio. Aveva bisogno di tempo per elaborare tutto ciò che aveva visto.

"Toc, toc", disse El entrando. "Sembri turbato, amore", disse massaggiando delicatamente la spalla del marito.

"Sto solo pensando", disse lui, raddrizzandosi sulla sedia. El continuò a massaggiargli le spalle, poi le sue mani si spostarono sul collo.

Quando le dita cominciarono a farle male, chiese: "Vuoi una tazza di tè caldo?".

Abe si alzò. "Sì, ma me la vado a prendere da solo". Uscì dall'ufficio.

El lo seguì: "Perché non te ne preparo una io? Anch'io avrei bisogno di una tazza di tè".

"No, lascia fare a me", disse Abe mentre si avvicinavano alla cucina. El lo seguì a ruota.

"La smetti di agitarti?" disse Abe, più forte di quanto si aspettasse.

"Va tutto bene?" Chiese Benjamin.

El rispose: "Va tutto bene. Stiamo decidendo chi fa una tazza di tè migliore. Per ora Abe pensa di vincere. Ora tornate a guardare la vostra partita".

Benjamin e Katie, annoiati dalla televisione, la spensero e si misero a giocare a dama.

"Non fatemi vincere questa volta!". Disse Katie.

"Non lo farò mai!" Disse Benjamin, sopra lo sferragliare di tazze e piattini in cucina.

Pochi istanti dopo, El fece capolino nel soggiorno. "Chi sta vincendo?", chiese.

"Shhh", disse Katie. "Si sta concentrando".

Benjamin sorrise.

"È una bella giornata di sole là fuori e credo che voi due dovreste uscire a prendere un po' d'aria fresca. O magari, tirare un calcio a un pallone!".

"È un'idea intelligente. Andiamo!" Disse Benjamin.

"Lo dice solo perché sto vincendo!". Katie tubò, mentre lo seguiva fuori dalla porta e nel giardino sul retro.

Dall'armadietto dei liquori nell'angolo della stessa stanza, El versò in un bicchiere uno shot dello scotch cinquantennale preferito da Abe. Aggiunse uno spritz di soda. Lo portò a lui.

"Ho pensato che qualcosa di più forte avrebbe potuto calmare i tuoi nervi".

Lui sorrise e la ringraziò, toccandole la mano. "Mi dispiace, El".

Lei lo baciò sulla fronte, poi andò alla finestra della cucina che dava sul giardino. El rise e presto Abe la raggiunse. Insieme guardarono i due bambini che correvano e giocavano in giardino.

Abe bevve qualche sorso e si rilassò, sperando che il sacco per cadaveri che aveva visto in casa non contenesse il cadavere di Jennifer Walker, la madre di Katie.

CAPITOLO 25

SGT. MILLER

MILLER ARRIVÒ ALL'OBITORIO E si intrattenne brevemente con il capo della patologia forense J. T. Patterson, che poi dovette lasciarlo per occuparsi di un'identificazione.

Pochi istanti dopo arrivarono i tecnici dell'autopsia con la sacca per il corpo proveniente da casa Walker. In allegato c'era un foglio di identificazione e un contenitore con la dicitura Effetti personali. Un fotografo ha scattato delle foto mentre il sigillo veniva rimosso. Poi il corpo è stato posto sul tavolo d'esame. Miller si tenne lontano da loro, mentre il corpo veniva srotolato dai medici legali.

Patterson rientrò nella stanza e lo prese da parte. "Un agente dell'OPP è di sopra, nella sala di osservazione. Ha appena identificato il corpo di sua moglie".

"Levesque?" Chiese Miller.

"Sì, lo conosce?".

"No, ma sono io che ho segnalato il corpo e in base alle informazioni che ho visto sul database ho pensato che fosse lei".

"Le dispiacerebbe fare due chiacchiere con lui? Da lassù potrà vedere tutto quello che succede qui sotto. Ci vorrà un po' prima di iniziare l'autopsia".

"Certo."

"Quando inizieremo, sentiti libero di fare domande. Saremo in grado di ascoltarvi e di rispondervi, anche se le risposte potrebbero non essere immediate. La nostra priorità è il corpo della persona".

"E giustamente", disse Miller. Poi uscì dalla stanza, fermandosi brevemente per prendere una tazza di tè caldo dal distributore automatico. La porse a Levesque, si presentò e disse: "Mi dispiace per sua moglie".

"Merci. Era tutto per me, mon monde entier. Anche i nostri figli non ce l'hanno fatta. Le si è spezzato il cuore. Per questo ci siamo trasferiti qui, per cambiare aria e ricominciare". Si trattenne da un singhiozzo, poi bevve un sorso di tè caldo. "Bene", disse.

"Mi dispiace molto".

"Grazie".

Miller e Levesque si sedettero fianco a fianco mentre il personale sottostante si preparava a iniziare l'autopsia.

"Possiamo andare da un'altra parte?" Disse Miller.

"No, quella non è mia moglie. Sto bene così".

Patterson tornò nella sala autopsie sottostante, vestito con una tuta, un marchio chirurgico, guanti e alti stivali neri. Miller e Levesque osservarono mentre prendevano i campioni e li mettevano in contenitori che venivano poi collocati in armadietti di sicurezza biologica.

Quando sembravano aver finito, Miller chiese: "Cosa sapete finora?".

"Grazie per l'attesa", disse Patterson. "In base ai lividi intorno al naso e alla bocca e allo stato di sangue degli occhi, la morte per soffocamento è altamente probabile. Dobbiamo però aspettare che i campioni di sangue tornino dal laboratorio per confermarlo".

"Quindi era già morto, prima di essere tagliato in due?".

"Direi di sì", confermò Patterson.

"Conosco quest'uomo", disse Levesque, quasi rovesciando la tazza di tè che aveva appoggiato sul davanzale.

Miller si avvicinò. "Chi è? Anch'io l'ho riconosciuto, come i miei agenti, ma nessuno di noi ricordava dove l'aveva visto".

"Si chiama Mark Wheeler. Stiamo indagando su di lui e sui suoi soci nel traffico di droga. È il figlio di F. D. Wheeler, il miliardario e magnate dei media".

Miller ora ricordava di aver conosciuto padre e figlio in occasione di eventi di raccolta fondi. "Il nome Jennifer Walker le dice qualcosa?".

"Sì, era la sua ultima conquista, la sua parte secondaria. Cosa le è successo?".

"L'abbiamo trovato così in casa sua e lei è scomparsa".

"È sospettata?"

"Sicuramente. E sentite questa: il suo corpo è stato tagliato a metà con una sega. Posizionato sul letto, come se fosse seduto accanto a se stesso".

"Sembra una dichiarazione".

"Una dichiarazione fatta da chi? E per chi?".

"Questo non lo so", disse Levesque.

Miller ha aggiunto. "Jennifer Walker aveva una bambina; lo sapeva?".

"No, non lo sapevo. È scomparsa anche lei?".

"No, è al sicuro, ma non c'è traccia della madre. E quella casa era un disastro. Non può tornare lì".

Levesque si alzò. "Mi dispiace sentirlo, ma mi aspettano alle pompe funebri. Se mi viene in mente qualcosa di utile, ve lo farò sapere. Grazie per le sue parole gentili e per la tazza di tè". Gettò la tazza vuota nel cestino e lasciò la stanza.

Patterson, vedendo Levesque uscire, disse: "Ti chiamerò quando sapremo qualcosa di certo. Non ha senso restare nei paraggi. Ci vorranno giorni prima che il laboratorio ci dia i risultati su alcune cose, su altre forse ore, se siamo fortunati".

"Grazie".

Miller tornò alla stazione e inserì il nome di Mark Wheeler nella banca dati. C'erano molte informazioni su di lui, sia buone che cattive. Per lo più cattive, però, visto che era ben inserito nel giro della droga. Passò il pomeriggio a compilare rapporti e mandò un paio di agenti a informare i parenti più stretti.

Miller si aggirava per la stazione, controllando dove c'era bisogno di lui, quando alcune ore dopo Patterson chiamò. "Sono appena arrivati i risultati: la causa della morte è il soffocamento. Avevo ragione: era morto quando lo hanno tagliato a metà".

CAPITOLO 26

CASA DOLCE CASA

Era quasi mezzanotte. La casa era silenziosa, tranne che per un suono, quello dei piedi nudi di Abe che sbattevano sul parquet mentre camminava avanti e indietro. Era per lo più vestito, a parte i calzini e le scarpe. Sospirò, mise le mani dietro la schiena e camminò. Poi si voltò e camminò nella direzione opposta.

El era in camicia da notte e si spalmava la crema fredda sulle guance e sulla fronte. Si appoggiò al cuscino, prese un libro di poesie di Mary Oliver dal comodino e iniziò a leggere. Anche se Mary era la sua poetessa preferita, El non riusciva a concentrarsi sulle parole o sul ritmo dei versi.

Chiuse il libro, tirò su le coperte e guardò il marito camminare su e giù. Alla fine chiese: "Qual è il problema, amore mio?".

Abe si fermò per un attimo, poi riprese a camminare.

"Dimmi. Sai cosa si dice di un problema condiviso".
"Non posso."

El abbassò il letto e si infilò le pantofole. Condusse Abe per mano e lo pose all'estremità del suo lato del letto. Si inginocchiò e gli cullò la testa tra le mani, poi passò a massaggiargli le tempie. All'inizio Abe resistette, soprattutto perché era troppo stanco, ma presto il suo respiro si calmò. Lei gli slacciò i bottoni e gli tolse la camicia, poi la sostituì con la camicia da notte. Cercò di slacciargli i pantaloni.

"Posso fare il resto da solo", disse Abe, mentre si slacciava i pantaloni e si tirava giù la biancheria.

El raccolse i vestiti sporchi e li mise nel cesto della biancheria. Quando tornò, Abe era in piedi come un bambino che aspetta che la madre gli rimbocchi le coperte.

"Come vuoi", disse lei, conducendolo per mano, sprimacciandogli il cuscino e sistemandolo sotto le coperte.

"Grazie, amore", disse lui, sbadigliando.

El tornò al suo lato del letto e si tolse le pantofole. Si infilò sotto le coperte, o provò a farlo, ma come sempre suo marito si accaparrava la maggior parte del calore.

Spostò silenziosamente il cuscino, cercò di riposare, ma non ci riuscì. Ascoltò invece il suo respiro che cambiava e capì che stava dormendo profondamente.

La luce della luna entrava dalle tende, proiettando un'ombra magica sul suo lato del letto. Si assopì, ricordando il giorno in cui aveva conosciuto suo marito.

Lei e suo padre lavoravano nell'azienda di famiglia. Vendevano tessuti da tutto il mondo e tutti gli accessori che riuscivano a procurarsi legati al cucito. Suo padre era orgoglioso di vendere le macchine da cucire più recenti e aggiornate. Sua madre, di cui non aveva ricordi, era stata l'ispiratrice del negozio. Sua madre era morta dando alla luce sua sorella.

Quando iniziarono l'attività, lei e suo padre facevano la maggior parte del lavoro. La sorella aiutava quando poteva. I tessuti più venduti e richiesti erano quelli importati dall'Asia e dall'Europa.

Poi un giorno arrivò un venditore di tessuti: Abe. Suo padre lo aveva conosciuto a una conferenza di acquisto a New York. Parlò bene del giovane, dicendo che era nato per essere un "toccatore di tessuti".

"Il ragazzo ha un talento", disse il padre. "Un dono divino, quello di percepire la qualità e di riconoscere le tendenze prima che diventino tali nel settore dei tessuti".

"Perché non lo assumiamo, padre?". Chiese El.

"Non credo che possiamo permettercelo. Ma l'ho invitato a cena. Puoi cucinare il tuo pollo fritto speciale, i biscotti e il purè di patate. Scopriremo se la strada per arrivare al cuore di un uomo è davvero quella di dargli da mangiare".

Lei rise, ma era entusiasta di conoscere questo nuovo uomo. Questo Abe, con un dono.

Quel pomeriggio arrivò in negozio. Sospettò quasi subito che fosse lui. Era alto poco più di un metro e ottanta, vestito con un abito grigio che gli stava addosso come un secondo strato di pelle. I suoi capelli biondi erano sciolti all'indietro, ordinati, senza troppo olio. Era attratta da lui, come un'ape dal basilico, mentre lo guardava passare le dita tra i tessuti d'importazione più costosi.

Suo padre attraversò il negozio per andargli incontro. "Benvenuto, Abraham", disse mentre si stringevano la mano. "Questa è mia figlia, El".

"Preferisco essere chiamato Abe", disse il giovane.

El arrossì, non aveva mai sentito nessuno essere in disaccordo con suo padre. Ancora oggi, quando ripensa a quel momento, le sue guance si scaldano.

Poi ci furono altri momenti. Un momento più forte, quando le venne la pelle d'oca sulle braccia. Era un legame magico. Erano fatti l'uno per l'altra. Come regalo di nozze, suo padre regalò loro il negozio.

Due anni dopo il padre morì e la sorella si trasferì per mettere su famiglia con il marito. Nel frattempo, lei e Abe portarono avanti l'attività, in tempi molto difficili.

El, che aveva sempre desiderato dei figli, non riuscì a rimanere incinta. Dopo aver completato gli esami, fu confermato che non era in grado di concepire. Si preoccupava di deludere Abe, ma lui non se ne preoccupava, o se se ne preoccupava, non glielo faceva capire. L'azienda divenne il loro bambino.

Poi, dopo diciannove anni di matrimonio, un giovane ragazzo entrò nel negozio. Abe osservò il giovane dall'aspetto trasandato, aspettandosi che rubasse qualcosa e pronto a chiamare la polizia.

El osservò: "Guarda, è anche uno che tocca i tessuti".

Si avvicinarono al ragazzo, che scoppiò subito in lacrime.

"Vuoi una tazza di cioccolata?". Chiese El.

Lui annuì e la seguì in cucina, con Abe alle calcagna. Lei gli preparò una tazza di cioccolata calda con due fette di pane tostato imburrato e si sedettero insieme a tavola.

Il ragazzo prese una fetta di pane, poi guardò e nascose le mani sporche.

"Il bagno è in fondo al corridoio", disse El. "Puoi rinfrescarti lì".

Mentre se ne andava, Abe disse: "Spero che tu non abbia morso più di quanto tu possa masticare, amore. È ovvio che è in fuga. Puzza e... non dovremmo chiamare la polizia e lasciare che scoprano chi è?".

"È piccolo e innocuo. Prima vediamo se vuole parlarci della sua situazione. Potremmo essere in grado di aiutarlo".

"Come volete", disse Abe quando il ragazzo tornò con le mani pulite e il viso scintillante e pulito.

Mangiò prima il toast, poi soffiò sulla cioccolata calda e la mandò giù. "Grazie".

"Non c'è di che", disse El. "Vuoi che chiamiamo qualcuno che venga a prenderti? Tua madre o tuo padre?".

Scoppiò a piangere. "Sono morti".

El andò da lui e lo abbracciò, mentre lui gli spiegava dell'incidente d'auto, dell'affidamento, di tutto ciò che di brutto gli era successo. Soprattutto, di come non potesse tornare indietro.

"Ho un amico, giù al distretto", disse Abe. "Potrebbe essere in grado di aiutarci".

El tenne il bambino in braccio, mentre aspettavano l'amico di Abe. "È un uomo gentile", disse. "Saprà cosa fare". Il bambino si strinse a lei.

Il sergente Miller arrivò qualche tempo dopo, e a quel punto El aveva già offerto la stanza degli ospiti al ragazzo, in attesa di trovare qualcosa di più definitivo. Fu così che divennero una famiglia.

Ora dipendevano tutti l'uno dall'altro e il negozio non vendeva più tessuti. Tuttavia, nella sua vita c'erano due toccatori di stoffe e chissà quando il loro talento sarebbe servito di nuovo. Sapeva che tutto è ciclico.

El guardò il marito addormentato. Si baciò un dito e glielo premette sulla fronte, facendo attenzione a non svegliarlo. Lui sorrise, proprio mentre Katie lanciava un urlo in fondo al corridoio.

CAPITOLO 27

KATIE

"KATIE", SUSSURRÒ UNA VOCE. "Katie".

"Mamma, dove sei?".

La bambina si strofinò gli occhi, dapprima incapace di ricordare dove si trovasse. Gettò indietro le coperte e mise i piedi sul pavimento freddo. Poi si spostò dall'altra parte della stanza e accese la luce. Ora si diresse verso la finestra, dove le tende oscillavano.

"Mamma, sei tu?".

La ventola nel pavimento sotto la finestra, il calore che emanava, l'attirava come una calamita. Quando mise il piede sulla bocchetta, la camicia da notte si gonfiò intorno a lei, riempiendosi di calore.

"Katie", sussurrò di nuovo la voce. "Dove sei, Katie?".

"Sto arrivando, mamma", disse lei, cercando di guardare fuori dalla finestra, ma era troppo alta perché potesse raggiungerla.

"Ti sto aspettando", disse sua madre. "Ti sto aspettando, qui".

Con l'ansia di vederla, la bambina cercò qualcosa su cui poggiarsi. Tolse da un tavolo un vaso con dei girasoli e lo trascinò sotto la finestra. Spinse il letto accanto ad esso. Si mise in piedi prima sul letto, poi sullo sgabello. Scostò le tende. Nella strada sottostante era buio pesto, a parte il bagliore dei lampioni.

"Mamma!", chiamò, cercando di aprire la finestra. Quando non riuscì a raggiungere la serratura superiore, strinse i pugni e picchiò sul vetro.

"Katie", sussurrò sua madre. "Katie."

"Aspetta, mamma, ti prego, aspettami".

Scese dal tavolo, salì sul letto, sul pavimento e andò alla libreria. Sollevò con due mani un fermalibri a forma di lettera A. Lo posò sul letto, mentre la mamma lo guardava. Lo pose sul letto, mentre vi saliva sopra. Poi l'ha messo sul tavolo, mentre ci saliva sopra. Sollevò la A e la scagliò contro il vetro.

Il vetro andò in frantumi sia all'interno che all'esterno, colpendo lei e l'area che la circondava con i frammenti.

"Mamma!", gridò.

Era ancora addormentata, tremante, e guardava fuori dalla finestra in frantumi.

CAPITOLO 28

EL E KATIE

E L E BENJAMIN SI avviarono lungo il corridoio verso la stanza della piccola Katie. Quando la trovarono, illuminata dalla luna, in un gomitolo sul pavimento vicino a un tavolo rovesciato. I capelli biondi e la camicia da notte si muovevano insieme, come se la brezza della finestra fosse un tutt'uno con il respiro della bambina. Si accorsero che il sangue si stava accumulando intorno a lei. Come un fantasma che si alza nella notte, si alzò e chiamò: "Mamma!".

"Attenti, non svegliatela", sussurrò El.

Guardarono i viticci delle tende che fluttuavano verso di lei. L'espressione del suo viso, lo sguardo vuoto nel nulla, spaventò Benjamin. Per qualche secondo si dimenticò di respirare.

L'ombra della luna si allungò su di lei. Accentuava le sue ferite. Era come se fosse su un'isola, circondata dal vetro.

Benjamin si spinse oltre: "Fermo, non muoverti", sussurrò El, ma lui non lo ascoltò. Attraversò il pavimento e tirò Katie tra le braccia. Il corpo di lei si afflosciò. Rimase lì ad aspettare, incapace di muoversi per la paura di sussurrare il suo nome.

El tornò, portando con sé il kit di pronto soccorso.

La pose sul letto.

"Metti dell'acqua calda in una bacinella per me". Non si mosse. "Benjamin, acqua calda. E un panno per il viso e degli asciugamani".

Lui annuì e uscì dalla stanza, mentre El valutava la situazione. Aveva studiato come infermiera, molto, molto tempo fa, prima di conoscere Abe. Sperava di riuscire a ricordare cosa fare.

Il rumore delle gocce di sangue che si posano sulle lenzuola bianche e pulite la fece uscire dai suoi pensieri. Si mise a lavorare sulle ferite usando le pinzette per rimuovere i piccoli frammenti. Katie rimase addormentata.

"Deve essere stata sonnambula", sussurrò Benjamin.

"Tienila ferma, così posso controllare se ci sono pezzi di vetro e rimuoverli".

"Dobbiamo chiamare il 911?".

"Non credo", disse El, "penso che possiamo farcela". Continuò, finché tutte le ferite non furono disinfettate e fasciate.

Katie mugolò, ma non si svegliò.

CAPITOLO 29

VETRO ROTTO

"DOBBIAMO GIRARLA SU UN fianco, ora", disse El.

Benjamin puntellò Katie su un fianco, mentre El le esaminava i piedi.Solo poche schegge di vetro avevano attraversato la superficie dei piedi di Katie.La maggior parte era semplicemente attaccata alla pelle vicino alla superficie e facile da rimuovere.

Il suo respiro divenne più rapido in diverse occasioni, ma non aprì gli occhi.El mise un panno caldo sui piedi di Katie e li avvolse quando l'emorragia si era fermata.

Poi sollevò entrambi i piedi su un cuscino."Rimarrò qui tutta la notte", disse El."Non voglio rischiare di lasciarla da sola o di svegliarla quando mi alzo dal letto".

Benjamin andò a dare un'occhiata da vicino alla finestra rotta.

All'inizio pensò che qualcuno avesse cercato di entrare, poi vide il fermalibri sul pavimento.

Lo raccolse e lo rimise sulla libreria."Torno subito", disse.Andò in cantina.Trovò un foglio di plastica adatto a mascherare la finestra finché non fossero riusciti a ripararla.

Dopo averlo fissato con il nastro adesivo, spazzò via quanti più vetri possibile.

Esausto, trovò un posto in fondo al letto e si addormentò.Il vento fischiava di tanto in tanto attraverso le fessure del nastro adesivo, ma nessuno dei tre dormienti si svegliò.

CAPITOLO 30

È TEMPO DI SVEGLIARSI

IL SUONO DEL CANTO di una ghiandaia azzurra fuori dalla finestra della camera da letto fece aprire gli occhi ad Abe. Sbadigliò e si stiracchiò. Notando che la moglie non c'era, la chiamò per nome. Quando lei non rispose, vide che le sue pantofole erano sparite. "El!", chiamò mentre si dirigeva verso il corridoio.

Arrivato nella stanza di Katie, si fermò a guardare dentro. El era lì e anche Benjamin.

"El?", sussurrò, ma lei non si svegliò.

In quel momento sentì un fischio seguito da un battito di ali. Si avvicinò in punta di piedi alla finestra per indagare.

Le tende erano scostate e il vetro era stato temporaneamente riparato con plastica e nastro adesivo. Non riuscendo a trovare un senso, uscì dalla stanza, chiudendosi la porta alle spalle, e andò in cucina.

Il sole stava sorgendo nel cielo blu intenso, mentre lui riempiva il bollitore e osservava il sorgere di un nuovo giorno. Sulla lista delle cose da fare c'era quella di chiamare gli assicuratori per valutare i danni, ma prima doveva scoprire cosa era successo.

Il suo stomaco brontolava, così infilò due fette di pane tostato e premette la leva. Mentre andava al frigorifero, prese una tazza e un cucchiaio. Mentre il bollitore stava finendo, prese il latte e il burro dal frigorifero e mise una bustina di tè nella tazza. Versò l'acqua calda e fumante, proprio mentre il pane finiva di tostare.

"Buongiorno", biascicò Benjamin.

"Buongiorno, figliolo", disse Abe.

Qualcosa di impercettibile da parte di Benjamin.

"Siediti subito, il bollitore è caldo e ti verso una tazza di tè".

Benjamin obbedì senza parlare.

"Vuoi una fetta di pane tostato?".

L'adolescente annuì.

Abe tolse le fette di pane tostato e ne buttò giù una, poi un'altra. Mise una bustina di tè in una seconda tazza e vi versò l'acqua, mescolando in modo che l'infusione fosse rapidissima.

L'uomo più anziano sapeva che il tempo era essenziale, altrimenti Benjamin si sarebbe addormentato di nuovo e sarebbe stato inutile per il resto della giornata. Quando fu pronto, Abe sollevò la bustina di tè dalla tazza, aggiunse due zollette di zucchero e una spruzzata di latte.

Abe prese le mani del ragazzo che erano appoggiate sul tavolo e le mise una alla volta sulla tazza di tè caldo.

Osservò Benjamin mentre annusava l'infuso fumante e si animava, prima di bere un sorso.

Vedendo che il ragazzo era ormai ben sveglio, Abe andò a finire di preparare il toast.

Abe osservò come Benjamin si trasformava, tornando alla terra dei vivi un po' più in là, minuto per minuto. Nel frattempo, bevve il tè e mangiò il resto del pane tostato.

Passarono momenti in cui il sole entrava dalla finestra e danzava sul profilo del giovane. Quando gli sembrò di poter sostenere una conversazione, o forse era un pensiero speranzoso, Abe chiese: "Hai intenzione di aggiornarmi su quello che è successo nella stanza di Katie ieri sera!".

"No".

"Beh, io non l'ho mai fatto".

"No, a meno che tu non mi dica cosa è successo ieri a casa di Katie".

"Oh, vedo che sei ancora più sveglio di quanto pensassi", disse Abe ridendo. "Ma non posso".

"E perché no?" Disse Benjamin mentre addentava il toast. La croccantezza e il burro salato avevano un sapore così buono.

"Perché il mio vecchio amico sergente Miller mi ha giurato di mantenere il segreto. Se potessi dirtelo, lo farei. Ora, mi dica cosa è successo con quella finestra. Devo chiamare l'assicurazione e non posso farlo finché non mi dici cos'è successo".

Benjamin continuò a mangiare il suo toast.

"Allora, vuoi fare il gioco delle domande? Domanda numero uno: "Qualcuno ha cercato di entrare e prendere il bambino?".

Benjamin, che aveva ormai terminato il suo tè e il suo toast, si appoggiò alla sedia, mettendo le mani dietro la testa.

"Credo che stesse camminando nel sonno. Da quello che ho potuto vedere, è stato il fermalibri a rompere la finestra. Ma non riesco a capire perché. Niente di tutto questo ha senso".

"Povera bambina. Perché non mi hai svegliato?".

Benjamin si chinò ulteriormente all'indietro, in modo che le gambe anteriori della sedia della cucina si sollevassero da terra. "Il sergente Miller non avrebbe mai saputo che mi avevi detto qualcosa".

"La fiducia è fiducia. O lo fai o lo giuri. O non lo fai. Dipende da che tipo di persona sei. Io mantengo la mia parola e lo stesso fa il mio amico. Io e il sergente Miller ci fidiamo l'uno dell'altro e, come noi due, manteniamo la parola data". Abe riempì la sua tazza dalla teiera. "Ad essere sincero, so molto poco. Mi ha anche fatto rimanere in macchina, lontano dal pericolo. Posso solo supporre quello che so dall'andirivieni, ma non voglio trasmettere informazioni sbagliate".

"Devi aver visto o sentito qualcosa", disse Benjamin, seguito da un suono di biascicamento. Sapeva che Abe non aveva intenzione di rompere la fiducia dell'amico e cambiò argomento.

"È successo tutto così in fretta, con Katie. Ha urlato e siamo accorsi. Aveva dei pezzi di vetro nei piedi. El li ha tirati fuori. Non sapevo che avesse una formazione da infermiera e di sicuro è stata utile. Abbiamo gestito la situazione e non c'era motivo di svegliarti".

"Era ferita gravemente? Ho visto del sangue sul pavimento".

"El ha confermato che le ferite erano lievi. Katie ha dormito per tutto il tempo, mentre El estraeva i frammenti di vetro con le pinzette e anche quando ha messo il disinfettante sui tagli".

"Avete notato", disse Abe, "che la bambina non ride molto? Ogni tanto ridacchia, ma non ride come dovrebbe fare un bambino".

"Ognuno è diverso, forse è solo timida".

"C'è anche tristezza. Intendo dire dietro i suoi occhi. C'è qualcosa di familiare, eppure è sorprendente".

"Non posso dire di aver notato nulla del genere, sei sicuro di non essertelo immaginato?".

"Ho visto quello sguardo una volta, quando sei venuto da noi per la prima volta", propose Abe.

"Io?"

"Forse non era paura, forse dolore o tristezza, ma era costante, dolore, rimorso, abbandono. Tutto racchiuso in una sola cosa. È ancora presente nei tuoi occhi, ma la tua anima sta anche emettendo un flusso di luce che la sovrasta, qualunque cosa sia. Hai trovato te stessa, l'hai conquistata, hai trovato la tua verità. Ma la piccola Katie ha bisogno di essere guarita, curata come io ho curato te".

Benjamin mise un'altra bustina di tè nella sua tazza, la mescolò un paio di volte, poi la tolse, aggiunse lo zucchero e il latte, quindi bevve un sorso. "Lei ed El hanno un legame".

"Su questo hai ragione e sarà meglio che mi prepari ad aprire il negozio. Fammi sapere quando la colazione è pronta", disse Abe mettendo i piatti nel lavello e andando a prepararsi per il lavoro.

Nel salotto di famiglia Benjamin accese la televisione. Riconobbe subito la casa di Katie. C'erano telecamere e media ovunque. La proprietà era delimitata da un nastro giallo della polizia. Era successo qualcosa di brutto lì, lo sapeva già. Ora avrebbe scoperto cosa. Alzò il volume. Si avvicinò.

La giornalista, che indossava una tuta blu navy e occhiali scuri, si trovava vicino a un furgone bianco su cui erano affisse le iniziali della rete televisiva locale.

"Sono Carly Wright, in collegamento da Ontario Street dove di recente è stato scoperto un cadavere. L'uomo è stato identificato come Mark David Wheeler. La sua famiglia è stata informata. La polizia è alla ricerca di eventuali testimoni che lo abbiano visto entrare in questa casa dietro di noi, dove vivono Jennifer e Katie Walker. (Entrambe sono scomparse e sono state viste l'ultima volta venerdì mattina vicino al lungomare".

Aspettate un attimo, la madre di Katie aveva i capelli biondi nella foto. Quando l'ha vista, i suoi capelli erano neri: indossava una parrucca quel giorno sul lungomare? E se sì, perché?

Il giornalista ha continuato. "Mark Wheeler proviene da una famiglia molto conosciuta in questa regione. Una famiglia che ha aiutato molte associazioni di beneficenza nel corso degli anni". I dettagli del funerale e della visita seguiranno. Se qualcuno ha informazioni sulla signora Walker o su sua figlia, è pregato di contattare la polizia locale o di telefonarmi".

Si strinse nelle braccia pensando a un cadavere in casa di Katie. Tutto il suo corpo cominciò a tremare. Per non pensare alla notizia, tornò in cucina e collegò il bollitore. Mentre bolliva, guardò fuori dalla finestra.

I raggi del sole baciavano il marciapiede, mentre gli scoiattoli sollevavano le foglie e gli uccelli volavano dentro e fuori dalla mangiatoia. Non avevano idea che fosse stato commesso un omicidio o che una bambina si fosse svegliata urlando con frammenti di vetro conficcati nella pelle. La loro vita continuava, allo stesso modo, indipendentemente da ciò che accadeva agli esseri umani nelle case che li nutrivano.

Quando il bollitore fischiò, spense il fornello ma non preparò un'altra tazza di tè. Continuò invece a osservare la normalità fuori dalla finestra della cucina, senza pensare ad altro finché non sentì più l'impulso di rabbrividire o tremare.

CAPITOLO 31

KATIE E EL

"MAMMA! MAMMA!" KATIE URLÒ con gli occhi ancora chiusi.

Mentre il sole del mattino filtrava attraverso la plastica sventolata, El strinse Katie tra le braccia. "Andrà tutto bene, piccola".

Katie aprì gli occhi: non era a casa e non era nel suo letto. "Mamma!", chiamò. "Dov'è la mia mamma?".

El la lasciò andare quando si allontanò.

Benjamin, che aveva sentito le urla di Katie, prese il controllo. "Katie, tu stai bene e tutti stanno cercando la tua mamma. Ti ricordi di El? E ti ricordi di me, Benjamin?".

Katie allungò la mano e prese quella di Benjamin e poi quella di El. Le cullò contro le guance mentre le lacrime scendevano, poi notò le bende sulle mani. Scacciò le coperte e vide gli involucri protettivi sui suoi piedi. "Che cosa è successo?".

"Speravamo che tu potessi dircelo", rispose Benjamin.

Katie scalciò i piedi, mentre lottava per rimuovere le bende. Quando si allentarono, cercò di togliere quelle sulle mani. El le afferrò le mani e le rimise le coperte sui piedi, canticchiando per calmarla. In pochi minuti Katie era accasciata contro la sua spalla e riposava tranquillamente.

Qualche istante dopo Katie disse: "Ricordo di aver sentito la mia mamma che mi chiamava".

"In sogno?" Chiese Benjamin.

El infilò i capelli di Katie dietro l'orecchio.

"Sono stata io", chiese la bambina. "Ho rotto la finestra?".

"Zitta, bambina", disse El. "Benjamin l'ha sistemata e presto tornerà come nuova. Non importa come si è rotta. Per noi conta solo la tua sicurezza. Le finestre possono sempre essere riparate".

"Ma non io?" Chiese Katie.

El la abbracciò. "Sei perfetta così come sei".

Benjamin chiese: "Riesci a ricordare qualcosa? Qualcosa del sogno?".

"La mamma mi chiamava, è tutto ciò che ricordo".

Il trio rimase seduto in silenzio. El pensava a quello che sarebbe potuto accadere. Benjamin pensava a quanto fosse contento che non fosse stata rapita o ferita gravemente. Katie si chiedeva dove fosse sua madre e cosa avrebbero mangiato per colazione.

"Ho fame", disse, accarezzando il suo stomaco brontolante.

"La compagnia di Benjamin è al tuo servizio", disse lui.

Katie gli avvolse le braccia intorno al collo, stringendosi forte, e si avviarono verso la cucina.

"Ti piacerebbe essere la mia piccola aiutante di pancake?". Chiese El. Katie annuì e sorrise; Benjamin le trovò un posto sul piano di lavoro. "È una ricetta segreta di famiglia", disse El mentre rompeva due uova nella farina e cominciava a mescolare. Quando fu pronto, usò un mestolo per versare la pastella sulla griglia calda. "Ok, è ora di girarle. Vedi come fanno le bollicine?". Aiutò la bambina a girare le frittelle.

"È più facile di quanto pensassi", disse Katie. "Soprattutto con questi grandi guanti da forno".

"Hai mai aiutato la tua mamma a cucinare?".

"Qualche volta, ma non mi ha mai fatto sedere sul piano di lavoro o girare i pancake".

"Cucinare può essere divertente".

"Non tagliare le cipolle: mi fanno piangere e non mi piace nemmeno il loro sapore".

El rise. "Un giorno ti mostrerò un segreto: come tagliarle sotto l'acqua, così non piangerai". Poi a Benjamin: "È quasi pronto, puoi farlo sapere ad Abe?".

Katie rise. "Tagliare le cipolle nella vasca da bagno? È divertente El. Mi puzzerebbero i piedi".

"No, sciocchina. Intendo nel lavandino. Però hai ragione, se le tagliassi nella vasca da bagno, avresti sicuramente i piedi puzzolenti e tutto il resto".

Katie ed El ridacchiarono, mentre preparavano la tavola insieme. Ben presto Benjamin e Abe si unirono a loro. Tutti mangiarono a sazietà, poi Abe disse che doveva tornare al negozio.

"Pulisco io", disse Benjamin. "Ma ci vorrebbe la metà del tempo se tu mi dessi una mano".

"Credo che i clienti possano aspettare", disse Abe.

"Andiamo a vestirti", disse El a Katie e uscirono dalla cucina.

Quando furono fuori dalla portata delle orecchie, Benjamin disse: "Dobbiamo parlare, Abe".

✳✳✳

"**C**HE SUCCEDE?" CHIESE ABE.

"Un uomo di nome Mark Wheeler è stato trovato morto a casa di Katie. Ne hanno parlato al telegiornale".

"Ah..."

"È tutto quello che hai da dire?".

"Ho bisogno di pensare", disse Abe. "Tanto vale lavorare mentre riordiniamo".

Quando tutto fu al suo posto, Benjamin andò in salotto e accese la televisione.

"Meglio chiudere la porta", disse Abe, e Benjamin lo fece.

"Pensavo che dovessi tornare al negozio".

"È così, ma di sfuggita ho visto che c'era il telegiornale". Si spostò dall'altra parte della stanza e alzò il volume.

"Avrei potuto farlo con questo", disse Benjamin tenendo in mano il convertitore.

"Già fatto", disse Abe, sedendosi.

Un altro giornalista, che assomigliava a Clark Kent, era in piedi sul prato davanti alla proprietà dei Walker.

Disse: "La famiglia di Mark Wheeler è molto conosciuta in questa comunità. Nel corso degli anni, la loro generosità ha toccato e migliorato molte vite attraverso donazioni a enti e fondazioni di beneficenza. Tuttavia, le accuse di un legame con la droga sono oggetto di indagine".

"Oh no", disse Benjamin.

"Shhhh."

Il giornalista continuò. "Stiamo cercando i residenti di questa casa dietro di me. Jennifer Walker e sua figlia Katie Walker". Mostrò una foto. "Se qualcuno ha visto o ha informazioni su dove si trovano Katie e Jennifer, ci chiami o si metta in contatto con la polizia locale".

"E se qualcuno ci avesse visto fare shopping con Katie?".

"Shhh."

"Chiunque abbia informazioni su Mark Wheeler può chiamare la linea diretta riservata. Il numero è in fondo allo schermo". Riportò la foto di Jennifer e Katie. "È indispensabile trovare queste due, prima che venga fatto loro del male. Per favore, se siete là fuori e avete visto o sapete qualcosa su dove si trovano, chiamate la polizia. Qualsiasi informazione potrebbe essere utile. Anche le informazioni che vi sembrano insignificanti potrebbero fornirci qualche indizio per aiutarli. Doug Falcon in collegamento da SJB TV".

Abe e Benjamin rimasero in silenzio per qualche minuto. Poi Benjamin si ricordò che la madre di Katie aveva i capelli scuri il giorno in cui l'aveva vista, mentre nella fotografia che il giornalista aveva in mano aveva i capelli biondi. Benjamin lo aggiornò su questo ricordo.

"Sì, la vicina ficcanaso con cui ho parlato, Judy Smith, mi ha parlato della parrucca".

"Vuoi dire che ne hai già parlato al sergente Miller?".

"Non l'ho fatto, ma probabilmente avrei dovuto farlo".

"Dovrebbe assolutamente informare il sergente Miller della parrucca. Ma se qualcuno sapesse che Katie è qui con noi? E se fosse per questo che la finestra è stata rotta ieri sera? Katie ha detto di aver sentito sua madre chiamare. Era in strada, sotto la stanza di Katie, a chiamarla?".

Benjamin saltò in piedi.

"Basta", disse Abe. "Prima di tutto, hai detto che il fermalibri è stato usato per rompere la finestra dall'interno. Probabilmente Katie stava avendo un incubo. Inoltre, il sergente Miller sa che Katie è qui con noi e non lascerà che questa informazione venga divulgata a nessuno".

"Comunque, l'abbiamo portata dappertutto. Al negozio, al bar. Qualcuno l'avrà sicuramente notata. È una bambina dall'aspetto particolare".

"Si sieda qui e non si preoccupi. Chiamerò il sergente Miller, o meglio, farò un salto da lui per parlargli".

Si diresse verso la porta. "Nel frattempo, rimanga in casa e dica a El di tenere il negozio chiuso oggi".

"Che motivo devo darle? Devo spiegarle tutto quello che abbiamo saputo su Wheeler?".

"Assolutamente no. Assicurati che se la televisione è accesa quando Katie è presente, non sia mai sintonizzata sul telegiornale".

"Lo farò."

CAPITOLO 32

ALLA STAZIONE DI POLIZIA

ABE SI RECÒ ALLA stazione di polizia dove era in corso una conferenza stampa. Il sergente Miller era al timone. Miller era in piedi dietro un leggio, mentre il microfono era sollevato alla sua altezza. Un gruppo di giornalisti entrò con le macchine fotografiche in mano. Un giornalista gridò una domanda. Abe si fece strada a gomitate tra il circo mediatico per salire le scale ed entrare nell'edificio. Odiava la folla e trovarsi al centro di questo caos totale non era un posto in cui voleva stare. Miller accolse la presenza di Abe con un cenno del capo mentre passava davanti a lui ed entrava nell'edificio.

Un giornalista gridò: "E la bambina scomparsa? Ci sono indizi su di lei?".

Un secondo giornalista chiese: "Cosa sapete della bambina e di sua madre? In che modo erano coinvolte con Wheeler?".

Miller alzò la mano per calmare la corona indisciplinata. Quando si furono calmati, rispose: "Una domanda alla volta, per favore. Primo: la bambina è stata dichiarata scomparsa, ma non è scomparsa. In realtà, sappiamo dove si trova, dove si trova Katie Walker: è sotto la custodia di un ente di assistenza".

Un sussulto udibile da una donna tra la folla. Per qualche secondo, una donna bionda si distinse dagli altri. Lui distolse lo sguardo per un attimo e lei non c'era più.

"Katie Walker è stata visitata da un medico?", chiese un altro giornalista.

"Tutto a tempo debito", rispose Miller. "Abbiamo bisogno del vostro aiuto per trovare la madre della bambina. Non abbiamo nessuna pista".

Ricordando che la madre di Katie era bionda e non scura come era stato detto all'inizio, scrutò la folla alla ricerca della donna che aveva intravisto prima. Niente da fare. Non riusciva a vederla da nessuna parte.

"Accetterò un'ultima domanda e non sprecatela chiedendomi dove si trova la bambina, tutto ciò che posso dirvi è che è sana e salva". Scelse il prossimo giornalista a cui porre una domanda: "Vai avanti, Maggie". Conosceva Maggie del giornale locale da anni. Non era come le altre. Era una vera giornalista.

"Buongiorno, sergente Miller", disse Maggie.

Miller annuì.

Maggie chiese: "Dato che la bambina, Katie, è in custodia, perché ci avete messo così tanto ad andare a casa sua e a indagare?". Anche se Maggie non si mosse, i giornalisti circostanti lo fecero. Si sono spintonati e spinti, chiedendo a gran voce di avvicinarsi.

"Bene Maggie", disse Miller. "La bambina, cioè Katie Walker, è stata abbandonata al Waterfront venerdì. L'indirizzo di casa sua ci è stato comunicato solo ieri".

"Non è vero", esclamò un altro giornalista.

"Basta così", ha detto Miller sbattendo il pugno sul podio e allontanandosi dal microfono.

Lo stesso giornalista ha gridato: "Abbiamo parlato con la vicina, una certa Judy Smith. Ci ha confermato che un uomo anziano è stato a casa sua il giorno prima. Lo stesso uomo che ha visto ieri seduto nella vostra auto della polizia".

Miller continuò a camminare, ignorando il baccano, felice che i giornalisti non fossero abbastanza intelligenti da fare due più due, visto che l'uomo di cui stavano parlando era appena sfuggito loro ed era entrato nell'edificio.

Prima di entrare nella stazione, si rivolse ai giornalisti. "Avete avuto le vostre domande. Ora, lasciate che noi completiamo il nostro lavoro e voi il vostro. Aiutateci a trovare la madre del bambino. Grazie per il vostro tempo". Attraversò le porte girevoli e andò nel suo ufficio.

Abe, che si era messo comodo seduto, si alzò per stringere la mano a Miller. Abe disse: "Abbiamo visto la fotografia di Katie in televisione e abbiamo saputo del cadavere dell'uomo. Che scoperta raccapricciante. Non c'è da stupirsi che foste così silenziosi quando mi avete accompagnato a casa".

"Tutto in linea con il dovere", disse Miller. "Caffè?" Abe rifiutò con un gesto della mano. Miller continuò: "I giornalisti sono affamati di storie, qualsiasi storia. Non hai sentito l'ultima domanda. Quella donna, la sua vicina ficcanaso, ha detto che lei ha visitato la casa e che è stato nella mia macchina. Quando se ne va, dobbiamo assicurarci che arrivi a casa senza che nessuno la segua".

"Oh no", disse Abe. Guardò il suo amico dall'altra parte della scrivania. Sembrava invecchiato negli ultimi giorni. "Hai dormito un po'? Hai un aspetto orribile".

"Dormire? Cosa vuol dire? Ho cercato di mettere insieme i pezzi, è un caso difficile. Pensavamo di avere una pista sulla madre, ma non è andata così. È come se fosse sparita senza lasciare traccia". Il suo telefono squillò. "Ok, grazie per avermi informato".

"Nessuna nuova pista?"

Miller si avvicinò. "Era il medico legale. Un nuovo corpo. Non è stato ancora identificato".

"Qual è il tuo istinto? È la madre di Katie?".

"Non posso dirlo perché non lo so".

"E l'uomo morto, chi era? Voglio dire, conosco il nome. È affiliato alla droga. Non posso credere che una madre metterebbe il proprio figlio in pericolo in questo modo".

"Presumibilmente. Chi sa perché la gente fa quello che fa? Quando siamo stati a casa c'era una foto di Katie e Mark sulla mensola del camino. Sembra strano che una madre lo permetta, se aveva intenzione di uccidere il suo ragazzo". Fece una pausa, temendo di dire troppo, poi cambiò argomento: "Ma sì, le sue impronte hanno illuminato il sistema. È il movente che stiamo cercando di trovare".

"Un movente, come un omicidio di mafia?".

"Non lasciate correre la vostra immaginazione", disse Miller. "Per quanto riguarda il movente, questo non lo so". Il sergente Miller sollevò il ricevitore del telefono. Quando la centralinista rispose, disse: "Sì, ho bisogno di far scortare un civile dall'edificio". Ascoltò, poi rispose: "Sì, dalla porta sul retro. Si assicuri che non venga seguito".

Abe si alzò: "Mio caro amico, tu vieni con me. Scommetto che tua moglie e i tuoi figli sentono la tua mancanza e hai bisogno di dormire".

Il sergente Miller era d'accordo con Abe in linea di principio, ma aveva troppo da fare. Tuttavia, si prese del tempo per assicurarsi che il suo amico fosse al sicuro fuori dall'edificio e stesse tornando a casa.

"La via è libera", disse l'autista. Miller chiuse la portiera dell'auto di Abe, rimase a guardare fino a quando l'auto non fu più visibile, poi tornò nel suo ufficio.

CAPITOLO 33

FLASHBACK BIONDO

ERA UNA BELLA DOMENICA pomeriggio e le famiglie passeggiavano. Molte stavano facendo un picnic, altre facevano ginnastica o si rilassavano vicino al lungomare. L'aria aveva un profumo dolce, come quando la primavera si trasforma in estate. Gli uccelli che cinguettavano e svolazzavano erano visibili su quasi tutti gli alberi.

Sul sedile posteriore di un taxi, una donna osservava le attività della città. Avrebbe voluto avere abbastanza soldi per vivere anche qui. Ferma a un semaforo rosso, osservava una famiglia che lanciava un frisbee avanti e indietro. Quando il semaforo cambiò e l'auto proseguì, continuò a guardare, finché non riuscì più a vederli.

Nella sua mente ripensava a ciò che avrebbe detto a sua sorella. Aveva già chiesto dei soldi in passato e sua sorella glieli aveva dati, ma con riluttanza. Soprattutto perché sapeva dove sarebbero andati a finire i soldi, cioè a pagare i suoi debiti legati alla droga. La sorella maggiore avrebbe ceduto, alla fine.

Tuttavia, odiava trovarsi nella posizione di doverlo chiedere. Soprattutto di persona. Sperava di riuscire a intravedere la piccola Katie quando era lì, magari anche a farle una presentazione. Ora che aveva sette anni, forse si sarebbe ricordata di lei.

Una o due volte l'autista le lanciò un'occhiata dallo specchietto retrovisore. Lei si aggiustò gli occhiali da sole a specchio e si asciugò discretamente una lacrima.

"Che cosa sta guardando?", chiese.

"Niente", rispose lui, svoltando in Ontario St. "Che numero stavi cercando?".

Era la casa circondata dal nastro della polizia, con le volanti dappertutto.

"Vai avanti!" ordinò lei. "Vai avanti!"

"Ok, ma dove andiamo adesso, signora?", disse lui facendo un'inversione di marcia.

"Guida e basta, fammi pensare!", esclamò la donna. Tirò fuori il telefono dalla borsa marrone e premette il tasto di chiamata rapida. Squillò e squillò e squillò. Si scollegò, conficcando le unghie nel bracciolo. Fece un respiro profondo e premette un altro numero di chiamata rapida. Come il primo, non ebbe risposta.

"Signora, ho bisogno di sapere dove sono diretta".

Gridò: "Guidi e basta, finché non le dico di fermarsi".

"Ok, signora, è lei il capo". Lui guidò senza meta, fermandosi e ripartendo quando il semaforo passava dal verde al rosso. "Prenderemo la strada panoramica".

Tornarono lungo le rive del lago Ontario. Vedendo il contatore dei soldi e il costo che stava aumentando, controllò nella sua borsa per trovare dei contanti. Le sue carte di credito erano già esaurite. "Dov'è la stazione di polizia?" chiese.

"A qualche isolato di distanza".

"Portami lì", disse. Durante il tragitto avrebbe pensato a cosa dire, a cosa raccontare di sé. Notò una folla che bloccava la facciata del distretto, mentre si chiedeva se questo avesse qualcosa a che fare con la casa di sua sorella.

"Fatemi uscire, laggiù", chiese porgendo all'autista un pugno di monete e qualche banconota stropicciata.

Si appiattì il davanti del vestito che ora le si appiccicava addosso con l'elettricità statica. Dietro di lei sentì il nome di sua sorella e di Katie. Si spinse in avanti, aspettando di vedere cosa avrebbe detto l'uomo sul podio.

Quando le disse che sua figlia stava bene e che era stata affidata a una famiglia adottiva, per poco non svenne. Fece alcuni respiri profondi e lasciò l'area, felice nella sua mente che sua figlia stesse bene. Per quanto riguarda la scomparsa di sua sorella, beh, tutto sarebbe stato risolto col tempo.

Continuò a camminare nella direzione opposta a quella in cui era venuta. Con i suoi tacchi da 5 pollici, non era attrezzata per una lunga camminata da nessuna parte. La brezza le accarezzava le braccia nude ed era contenta che almeno stasera non ci fosse possibilità di pioggia.

L'odore di hamburger di manzo fumante, cipolle dolci e patatine fritte unte nelle vicinanze le fece brontolare lo stomaco. Il cibo perfetto per i postumi della sbornia. Praticamente senza soldi, ora, l'inalazione di calorie avrebbe dovuto bastare. Per distrarsi provò a ricordare i numeri di coloro che pensava potessero aiutarla, ma il risultato fu lo stesso.

Due porte più in là, trovò un negozio dell'usato. In vetrina c'era una ragazza bionda, vestita come per una festa. Guardò il volto del manichino, immaginando come sarebbe stata la sua bambina adesso. Erano anni che non vedeva una sua foto.

L'aveva bloccata, come faceva sempre quando le cose diventavano troppo pesanti per lei. "Compartimentare". Era quello che la sua strizzacervelli le diceva sempre di fare. Ma la casa... l'aveva vista, delimitata da un nastro giallo, un nastro della polizia, come in CSI o in Murder She Wrote. Era la casa di sua sorella. Sua sorella era la madre di suo figlio. Un bambino di cui nessuno sapeva nulla.

Qualche porta più in là si era radunata una folla. Lei si unì a loro, vedendo un notiziario con i sottotitoli. Una foto della sorella e della figlia sotto il titolo "Persone scomparse". Poi una foto di Mark Wheeler sotto il titolo: "Assassinato, connessione con la droga".

I due incidenti erano collegati. Ora le ginocchia le cedettero davvero e scivolò sul marciapiede.

"Sto bene", disse, mentre degli sconosciuti la aiutavano a rimettersi in piedi. Li ringraziò e, con le caviglie tremanti, se ne andò barcollando.

Aveva sentito parlare di questo Mark Wheeler attraverso il mondo della droga. Ora era morto. Come mai sua sorella era legata a lui? Era lei stessa il legame? Doveva loro dei soldi. Aveva detto che li avrebbe restituiti. Non era nemmeno così tanto. Sua sorella aveva ripagato il suo debito di droga una, due volte - aveva perso il conto di quante volte. Di certo non sarebbero andati da sua sorella. Grazie al cielo non sapevano che Katie era sua. Se non lo sapevano, come aveva fatto Wheeler a finire morto? Quel legame aveva portato dei malviventi a casa di sua sorella?

Cercò di non pensarci, inciampando verso chissà dove. Stremata, in parte delirante, ricordò il giorno in cui era nata Katelyn. Era giovane, diciassette anni, troppo giovane per essere madre, eppure quando vide sua figlia per la prima volta, provò tutti i sentimenti materni che una madre dovrebbe provare.

A diciassette anni era abbastanza grande per far nascere la bambina e per far crescere l'istinto materno, ma non abbastanza per convincerla a tenere la neonata. Per crescerla. Ma, oh, quel visino. Il suo profumo. L'odore di rosa. Mentre camminava, cullava il telefono tra le braccia.

Con gli occhi pieni di lacrime, si disse di reagire. Aveva fatto la cosa migliore per Katelyn in quel momento, affidandola alla sorella maggiore perché la crescesse.

Persa, senza un posto dove andare, senza nessuno con cui parlare, si recriminava di essere venuta in città. Per essere una tossicodipendente. Per essere andata a casa della sorella. Per tutto, per tutta la dannata faccenda.

Un uomo che puzzava tanto quanto sembrava, la urtò.

"Attenta!", esclamò lei, facendo scoppiare in lacrime il poveretto. Lei frugò nel fondo della borsetta, trovando alcune monete vaganti e una pastiglia per la gola, e gliele mise in mano.

"La ringrazio", disse l'uomo ondeggiando. Soffiò sulla pastiglia e se la mise in bocca, poi chiese: "Si è perso?".

"Sono nuovo in città", disse lei. "Ci sono attrazioni da vedere qui intorno?".

Lui si mise una mano sul mento, mentre la guardava. "Lassù c'è un famoso viadotto, proseguendo non si può sbagliare. È una vista straordinaria".

"Grazie", disse lei, allontanandosi.

Impaziente di vedere il punto di riferimento, aprì la borsa. Tirò fuori dal pacchetto una sigaretta e l'accese. Una lunga boccata la aiutò a distendersi. Pensò a cosa avrebbe dovuto fare, ma non trovò risposte.

***

LA MADRE BIOLOGICA DI Katie si era fermata per riposare i piedi. Il parco stesso era in piena attività, con bambini e cani che correvano in libertà. Le venne voglia di fumare un'altra sigaretta, ma non l'accese. Ascoltò invece le risate. In realtà, non aveva nessun posto dove andare.

Il suo telefono vibrò: era Anson. "Dove sei?", le chiese.

"Sono vicino a casa di mia sorella, ma non è in casa".

"Bene, ho pronto il tuo ordine. Prima devi pagare il dovuto. Quando tornerà a ritirarlo? Non posso tenerlo qui per troppo tempo. Se non può pagare, allora devo venderlo a qualcun altro. Ho una lista d'attesa, lo sa".

"Non posso tornare subito, ma mi serve. Non è che potresti venire a prendermi? Ti ripagherei. Farei qualsiasi cosa".

Splat! La palla di un bambino, un ragazzino, rimbalzò e colpì la punta della sua scarpa. Lei gliela restituì con un calcio.

"Grazie, signora", disse lui.

"Non posso venire a prenderla. Questo non è un servizio di taxi", fece la linea e si spense all'altro capo.

Anson era la sua ultima speranza, per tornare indietro. Avrebbe perso se stessa e tutto ciò a cui pensava. Un colpo e tutto sarebbe sparito, ogni pensiero, ogni emozione, anche se solo per un po'.

"Scendi giù!" gridò sua madre. "Piccola sporca sgualdrina!".

Erano passati anni, ma nella sua mente era come se stesse accadendo ora. Riusciva persino a sentire l'odore di sua madre, una combinazione di borotalco e Jack Daniels.

Sua sorella era stata per lei più madre di quanto lo fosse stata sua madre. Il loro padre se n'era andato, subito dopo la sua venuta al mondo, e sua madre l'aveva sempre incolpata della sua partenza.

"L'hai fatto scappare!", urlava.

E sua madre portava a casa degli uomini. Uomini che l'avrebbero aiutata a pagare l'affitto e a mettere il cibo in tavola. Uomini che erano mostri. Mostri da cui sua madre avrebbe dovuto proteggere sua figlia.

Sospirò. Anni di terapia le avevano permesso di perdonare sua madre. Di accettare che aveva fatto il meglio che poteva fare, date le circostanze.

Eccolo lì: Il Viadotto.

Rabbrividì, era notevolmente in alto - ma sì, il senzatetto aveva detto che la vista da lassù doveva valere la salita. Ma le scarpe ai piedi le pizzicavano e a metà strada, stanca di portarle, le gettò nel lago

Ontario. Rise pensando a una tartaruga o a un pesce che le osservava mentre cadevano sul fondo del lago.

Una volta arrivata in cima, il panorama le tolse il fiato. Vedeva brutture, edifici che un tempo avevano una funzione. Ora erano privi di persone e non curati, con erbacce che crescevano sui muri. C'era una bellezza nuda, che se non fosse stata così in alto avrebbe potuto apprezzare.

E nell'altra direzione, il lago Ontario. Seguì il percorso dell'acqua. A destra, una delle sue scarpe spuntò e pochi istanti dopo l'altra la raggiunse. Galleggiavano come se un fantasma danzasse invece di camminare sull'acqua.

Lei rise, prima sommessamente, poi istericamente. Il vestito le svolazzava intorno come se fosse dentro una nuvola.

Uscì sul cornicione. Era una cattiva madre, peggiore di quanto lo fosse stata sua madre. Sua madre almeno era rimasta e aveva tenuto le figlie vicine. Aveva lasciato il giudizio a Dio, a Gesù o a chiunque altro.

La madre biologica di Katie sentiva di non essere degna di essere salvata. Non poteva essere perdonata. Non riusciva a perdonare nemmeno se stessa.

Si passò le unghie finte sulle braccia. Tracciando le tracce lasciate dagli aghi che aveva usato per tanto tempo. Ora le sentiva con le dita. Anche se avesse abbandonato l'abitudine, avrebbero riconosciuto le sue vulnerabilità e avrebbero iniziato a implorare di essere nutriti.

Si avvicinò al bordo. Chiuse gli occhi. Annusò i fiori. Ascoltò le grida dei gabbiani. Poi si lasciò cadere nelle fresche acque del lago Ontario come una marionetta a cui sono stati tagliati i fili.

***

Q UANDO LA TROVARONO, NON lontano dal Viadotto, era in acqua da meno di ventiquattro ore. I suoi occhi erano spalancati, come se stesse ancora riflettendo su qualcosa da qualche parte fuori dalla sua portata.

La madre biologica di Katie stava aspettando di essere identificata all'obitorio.

CAPITOLO 34

EL, ABE E KATIE

"**T**ORNA A LETTO", DISSE Abe, mentre El raccoglieva le sue cose da portare in camera di Katie. Lo baciò sulla fronte: "Vuoi una tazza di cioccolata?".

"Mi leggi nel pensiero".

"Resta qui, sotto le coperte, al caldo. Ti darò anche qualche biscotto".

"Grazie, tesoro". Ascoltò El che si aggirava in cucina canticchiando. Capiva il bisogno di sua moglie di confortare il bambino, ma anche lui aveva bisogno di conforto. Inoltre, temeva che si stesse affezionando troppo. Tra un giorno o due la madre di Katie potrebbe tornare. Non l'avrebbero più rivista. E poi?

El tornò con il vassoio. All'uscita lo baciò sulla fronte.

Katie era seduta e aspettava El. "Voglio andare a casa", disse strofinandosi gli occhi.

"Non ti piace qui?". El chiese conoscendo già la risposta.

"Certo."

Abe fece capolino: "Chi sta piangendo?". El cercò di scacciarlo. "Cosa posso fare per aiutarti, piccola?".

"Voglio andare a casa a prendere qualcosa".

"Bene", disse lui, sedendosi in fondo al letto. "Prima di tutto, El e io non abbiamo le chiavi di casa tua, e nemmeno Benjamin".

"Posso entrare, attraverso una finestra. Dovresti sollevarmi - l'ho fatto una volta quando la mamma ha dimenticato la chiave".

"Di che cosa hai bisogno?" Chiese El.

"Non credo che tu debba andare", rispose Abe.

"Vorrei prendere il mio peluche".

Ma tu hai la tua bella bambola, piccolino", disse El.

"Oh, è carina, ma ho il mio orsetto di peluche da sempre e sarà tutto solo".

"Lascia che ci pensi", disse Abe. "Ora zitta e dormi, o El dovrà tornare nella sua stanza".

Senza dire una parola, Katie si accoccolò sotto le coperte e chiuse gli occhi. Abe strizzò l'occhio a El e chiuse la porta uscendo.

CAPITOLO 35

ABE E BENJAMIN

ABE PORTÒ IL VASSOIO in cucina e mise in ordine, poi andò in salotto. Benjamin dormiva sul divano con la televisione che ronzava in sottofondo. La spense, poi gettò un piumone sull'adolescente.

Abe tornò in camera sua e si addormentò. Il rumore di pentole e padelle in cucina e l'odore della colazione in cottura gli fecero venire fame. Guardò la radiosveglia: erano già le 9:30! Indossò la vestaglia e andò in cucina.

"Avresti dovuto svegliarmi!", esclamò.

Katie sobbalzò.

"Mi dispiace", disse. "Volevo darti il buongiorno, prima".

El annuì, Katie sorrise. Uscì dalla cucina e si diresse verso il soggiorno, dove Benjamin stava guardando la televisione.

"Hai dormito bene?" Abe si informò.

Benjamin non parlò, anzi alzò il volume della televisione per ascoltare quello che diceva il giornalista al telegiornale.

"Il corpo di una donna si è arenato sulle rive del lago Ontario questa mattina".

A Benjamin si rizzarono i peli sulle braccia. "Dio, spero che non sia la mamma di Katie".

Fuori dalla porta di casa il giornale finì sul gradino. Abe lo raccolse e vide la foto di Katie e Jennifer Walker in prima pagina sotto il titolo "Madre e figlia scomparse". Arrotolò il giornale e lo gettò nel cestino.

"Vieni a prenderlo", chiamò El, e si sedettero tutti insieme a fare colazione.

CAPITOLO 36

SGT. MILLER

ALLA STAZIONE DI POLIZIA era previsto un incontro con la RCMP. Erano stati chiamati dopo l'identificazione di Wheeler. Doveva metterli al corrente della posizione di Katie. Avrebbero tenuto nascoste le informazioni.

Nel frattempo, un nuovo corpo era emerso sulle rive del lago Ontario. Apparentemente con tracce lungo le braccia.

Prima dell'arrivo della RCMP, Miller chiamò Abe per sapere come stava Katie.

"Ha avuto degli incubi. Ha rotto una finestra e si è fatta un po' male. El ha gestito tutto e il bambino non è stato ferito gravemente".

"Mi dispiace", disse Miller. "È difficile per un bambino dormire in un letto sconosciuto, in una casa sconosciuta".

"In questo momento, tutto ciò che vuole è tornare a casa. Le manca qualcosa che chiama il suo orso soffocante".

"Mi dispiace Abe, è fuori discussione".

"Ma non riesce a dormire".

Miller alzò la voce e chiuse la porta. "Abe, non devi andare lì per nessun motivo. E se un giornalista ti vedesse e ti seguisse fino a casa?".

"Ti capisco."

"Mantenete un profilo basso, tutti quanti. Mi terrò in contatto e non dimenticate che abbiamo un omicidio irrisolto. E non sappiamo dove sia la madre di Katie". Esitò. "Katie potrebbe essere la nostra unica pista. E so che sembra un'ipotesi azzardata, ma i bambini sono perspicaci. A volte si accorgono di cose che potrebbero aiutarci a trovare sua madre, a salvare sua madre, prima che sia troppo tardi".

"Quindi, lei pensa che la signora Walker sia stata coinvolta nel giro della droga da quando lei e Wheeler si frequentavano?".

"A questo punto non so la risposta, ma non ci sono segni di effrazione".

"Katie ha detto a Benjamin che è stato Wheeler a regalarle una bambola costosa, quindi è stato a casa sua in più di un'occasione. L'altra parte ironica è che potrebbe aver comprato la bambola da noi".

"Davvero? Ha dato un'occhiata ai suoi libri contabili per vedere se c'è traccia di un ordine? Potrebbe essere una pista. Potrebbe essere qualcosa".

"Non l'ho fatto, e sa cosa? Fino ad ora, quando gliel'ho detto, non avevo nemmeno pensato di controllare i miei libri contabili. Per non parlare del fatto che, dato che la bambola è una replica della bambina, uno di noi qui, se ha ordinato da noi, deve aver visto una foto di Katie. Non ricordo di averla vista, ma si sa, la memoria e l'età. È una delle prime cose che se ne vanno". Abe rise.

Miller disse: "Sì, capisco, ma per favore controllate e fatemi sapere cosa trovate. Qualsiasi cosa. Metodo di pagamento. Data dell'ordine".

"Offriamo queste bambole solo a ridosso del Natale, quindi dovrebbe essere abbastanza facile rintracciarle se le ha ordinate da noi".

"Vedi se riesci a trovare altre informazioni da Katie. Qualche idea su dove possa essere andata sua madre. Destinazioni per le vacanze. Parenti. Amici. Qualsiasi cosa".

"Sarebbe meglio se mandaste qualcuno? Un esperto nell'interrogare i bambini?". Chiese Abe. "Inoltre, visto che mandi qualcuno, perché non mandarlo a prendere l'impagliatore?".

"Dovrò discuterne con i miei superiori. Potrebbe essere un passo successivo. Per ora conosce te, Benjamin ed El. Osservatela, senza farglielo sapere. Falle delle domande, se te lo permette, senza intaccare la fiducia che ha in te. In questo momento, siete tutto ciò che ha. Potrebbe aver assistito a qualcosa che potrebbe mettere in pericolo tutti voi".

"Come ho detto, ha avuto degli incubi".

"Giusto. Un trauma può causare incubi e sonnambulismo. La permanenza in un ambiente sconosciuto è un adattamento in circostanze normali. Queste sono tutt'altro che normali". Miller esitò. "Ora che ci penso, chiederò a uno dei miei agenti di passare con un kit per il DNA. L'agente raccoglierà un semplice tampone della saliva di Katie. Se vuole parlare di qualcosa. Intendo dire con qualcuno al di fuori di casa sua, allora il mio agente gliene darà la possibilità".

"Che idea intelligente e grazie per avermelo fatto sapere", disse Abe. "Penso che quando la bambina è stata lasciata sola nel parco, possa aver subito un abbandono. Però non dovrebbe causare danni permanenti, no?".

"Dipende dalla sua indole, non saprei dire Abe. Sarebbe utile che tu controllassi se ci sono informazioni nei tuoi archivi".

"Lo farò."

"Mi farò sentire".

"Grazie."

CAPITOLO 37

PERDUTI E RITROVATI

ERA UN POMERIGGIO DI sole, senza una nuvola in cielo: la giornata perfetta per la pesca.

James e Andrea Richards erano in barca sul lago Ontario, quando lei notò qualcosa che galleggiava sull'acqua. Tirò fuori un binocolo e guardò meglio. L'oggetto rimbalzava e si muoveva, ma sembrava una borsetta da donna.

"Giuro su Dio che c'è una borsetta là fuori", disse al marito porgendogli il binocolo. "Forse qualcuno è stato ucciso proprio qui sul lago". Rabbrividì, anche se era calda, e si avvolse le braccia intorno a sé.

James la guardò. "Hai letto troppi romanzi di Agatha Christie".

Lei si schernì.

"Ma usciamo lo stesso a dare un'occhiata da vicino per tranquillizzarti. Dopotutto oggi i pesci non abboccano".

"Grazie, amore", disse lei.

James puntò la barca in direzione dell'oggetto galleggiante e pochi minuti dopo sua moglie mise a frutto la rete da pesca raccogliendo una borsetta. Quando la sollevò dalla rete, notò che era ancora chiusa. Chiedendosi se il contenuto fosse asciutto, la aprì.

"Aspetta!", esclamò.

Troppo tardi, perché lei tirò fuori il portafoglio. Tutto quello che c'era dentro era asciutto. Anche se ora che ci pensava, si rendeva conto di essere andata contro tutto ciò che sapeva dalla televisione e dai libri, disturbando il contenuto.

Non importa, era già tutto fatto. Aprì il portafoglio e trovò una patente di guida, alcune carte di credito, la foto di un bambino, un tubetto di dentifricio e uno spazzolino (formato da viaggio), un telefono con la batteria scarica e della colla per unghie.

"Credo sia meglio chiamare la polizia", disse.

"Hai dei contanti?" Chiese James.

"Niente contanti", rispose lei mentre componeva il 911.

Dopo aver raccontato alla polizia ciò che avevano trovato, fu detto loro che un agente li avrebbe raggiunti sulla riva. La coppia rimase alla deriva per qualche istante in silenzio, mentre i gabbiani urlavano sopra le loro teste e catturavano i pesci che saltavano intorno a loro.

"Certo, ora hanno fame!". Disse James, mentre accendeva il motore e si dirigeva verso la riva.

CAPITOLO 38

MORGUE

Più TARDI, DOPO AVER ricevuto una telefonata da Patterson, Miller si recò all'obitorio.

"Abbiamo confermato che la sconosciuta non ha più di ventiquattro anni e che fa uso di droghe pesanti da molto tempo. Con tracce del genere, è una tossicodipendente da molto tempo. È anche primipara".

"Quanti anni avrebbe il bambino, se fosse sopravvissuto?".

"Sette, forse otto".

"L'età corrisponde", disse Miller. "C'è qualcosa di insolito nelle sue scoperte?".

"La sua droga preferita era la cocaina. Al momento della morte, non ne aveva fatto uso nelle ultime ventiquattro ore. Era una forte consumatrice - un grande accumulo metabolico di benzoilecgonina nel tempo, ma niente di recente".

"Pensi che stesse cercando di smettere di fumare?".

"È altamente improbabile, a meno che non sia stata inserita in un centro di riabilitazione di alto livello".

"Che spreco. È meglio che vada in ufficio. Mi faccia sapere se trova qualcos'altro", disse Miller, dirigendosi verso la porta.

"Lo farò."

Il telefono di Miller squillò.

"Dove si trova?", chiese. "Bene. Posso andare a prenderlo io stesso. Non c'è problema. Sto arrivando. Verrò qui non appena l'avrò preso. Grazie".

Miller incontrò i Richards che gli consegnarono la borsa.

"Cosa succede se nessuno la reclama?". Chiese Andrea.

"La terremo come prova finché qualcuno non lo farà", ha detto Miller. "Grazie per averla consegnata".

CAPITOLO 39

BENJAMIN E ABE

MILLER MANDÒ UN MESSAGGIO ad Abe, dicendogli il nome dell'agente che sarebbe venuto a trovare Katie e avrebbe prelevato un campione del suo DNA. Abe chiamò a casa e aggiornò Benjamin sui dettagli.

"Si chiama agente Lane e arriverà da un momento all'altro".

"Non c'è ancora traccia di lei", disse Benjamin.

"Quando arriva, chiedi a El di darle una tazza di tè e aspetta che io arrivi". In sottofondo sentì suonare il campanello.

"Troppo tardi, è già qui ed El è impegnata con i clienti".

"Dille di chiudere il negozio e di entrare immediatamente".

"Va bene."

"Passo e chiudo", disse Abe.

Benjamin mandò un messaggio a El affinché chiudesse il negozio e venisse subito a casa. Aprì la porta.

"Mi chiamo agente Lane", disse.

El arrivò chiedendo: "Qual è l'emergenza?".

Benjamin allungò la mano.

"Sono qui per vedere Katie", disse Lane. "E per prendere un campione di DNA".

El allungò la mano. Invitò l'agente Lane nella zona giorno.

"Questo è l'agente Lane, Katie".

"Katie, puoi chiamarmi Lacey. Ho qui una persona che dice di aver sentito la tua mancanza". Tirò fuori un orsacchiotto di pezza.

Gli occhi della bambina si illuminarono, mentre accettava il suo peluche. "Edward", gridò. Poi all'agente Lacey disse: "Oh, grazie". All'orsetto ha detto: "Mi sei mancato tanto". Lei gli accostò il viso all'orecchio e disse: "Sì". Seguito da: "Davvero?".

L'agente Lane sorrise. "Edward è un bel nome. Sono felice di vedervi riuniti. Ora vorrei parlare con te, per aiutarci a trovare la tua mamma".

"Si è persa?" Chiese Katie con il broncio.

"Non ne siamo sicuri", disse Lacey, "ma ci farebbe comodo il tuo aiuto".

"Cosa volete che faccia?".

L'agente Lane frugò nella borsa e tirò fuori il kit del DNA. Tirò fuori una punta di stecca e aprì un contenitore per metterla dentro. "Vorrei metterle questo in bocca e prelevare quello che noi chiamiamo un tampone".

"Ho sentito dire che si usano solo nelle orecchie", disse Katie ridendo.

"Esattamente quello che direbbe la mia bambina", disse Lane con un sorriso.

"Come si chiama?".

"Si chiama Jemma, ma noi la chiamiamo Jem".

"Che bel nome, come un gioiello", disse Katie raggiante.

L'ufficiale sorrise. "È morbido, non fa male. Lo passerò all'interno della tua bocca, poi lo metterò in questo contenitore e lo manderemo in laboratorio".

"Se hai paura Katie", disse Benjamin, "l'agente Lane può farmi un tampone prima, così puoi vedere com'è".

"Non ho paura", disse Katie.

L'agente prese il campione, poi scrisse il nome di Katie sull'etichetta. La applicò al contenitore. "Quando è il tuo compleanno? E quanti anni hai?".

"È il 1° settembre e ho sette anni e mezzo".

Dopo aver completato il test, l'agente chiese agli altri se poteva parlare da sola con Katie.

"Non è necessario", disse Benjamin. "Se non vuoi".

"Ha ragione Katie. Non sei obbligata", disse Lane. "Vuoi aiutarci a trovare tua madre, vero? Voglio dire, se potessi aiutarci, vorresti farlo, no?".

Katie guardò El.

"Che cosa da chiedere", disse El. "Certo, lei vuole aiutare, ma è solo una bambina".

Katie fece un cenno all'agente Lane e la condusse nella sua stanza, dove le mostrò la bambola e cominciò a parlarne.

"Mark, il signor Wheeler mi ha comprato questa bambola per Natale, come sorpresa. Veniva sempre a trovarmi e mi portava delle sorprese".

"Era gentile?".

"Sì", disse Katie.

"C'è qualcos'altro che vuoi dirmi?".

"Lui e la mia mamma erano felici a volte". Lei distolse lo sguardo. "Altre volte si urlavano e lui se ne andava".

"La tua mamma piangeva? Quando lui se ne andava?".

"Sì, finché non siamo usciti a prendere un frappé".

"Ti piacciono i frullati?".

"Sì, quello alla fragola è il mio preferito".

"Allora cosa sarebbe successo?". Lane si informò.

"Mandava dei regali alla mia mamma e qualche volta a me".

"Molto gentile da parte sua", disse Lane, giocando con i capelli della bambola e poi con quelli di Katie.

"Non sono uguali", disse Katie. "Il mio è più morbido".

"Hai ragione."

"È perché El usa un balsamo speciale sui miei capelli e li spazzola con cinquanta colpi ogni sera prima di andare a dormire. Ha detto che per gli adulti ci sono cento spazzolate e per i bambini cinquanta". Katie ridacchiò.

L'agente Lane guardò la finestra sigillata: "Che cosa è successo qui?".

"El ha detto che ero sonnambula. Non me lo ricordo".

"Ha mai camminato nel sonno prima d'ora?".

"Non credo", rispose Katie. "El mi ha messo delle bende. È un'infermiera esperta. La mia mamma voleva fare l'insegnante, ma...".

"Cosa l'ha fermata?".

"Io, che sono nata", disse Katie. Rimise la bambola sul letto e chiese: "C'è qualcos'altro? Per aiutare a trovare la mia mamma?".

"Mi chiedevo se hai degli zii, dei nonni, degli amici, da cui tua madre potrebbe essere andata a stare? E tuo padre?".

"La mamma ha una sorella, ma non l'ho mai conosciuta. La mamma è più grande. Non ho mai conosciuto i miei nonni. Non ho mai conosciuto mio padre".

"Dove vive la sorella di tua madre? Per poterla chiamare?".

"Non lo so".

"Hai mai vissuto altrove?". Chiese Lacey.

"No". Katie si guardò i piedi. "Mi dispiace di non essere di grande aiuto".

L'agente Lane le diede una pacca sulla testa: "Non so, a volte sappiamo più di quanto crediamo di sapere. Continua a pensare".

"Grazie di nuovo per il mio ripieno".

"Di nulla."

L'agente Lane si diresse al laboratorio con il campione e lo mise nella lista delle priorità. Dopo una breve conversazione, riuscì a portarlo in cima alla lista. Tornò alla stazione di polizia.

✳✳✳

MILLER RICEVETTE UNA TELEFONATA dall'agente Lane.

"Come richiesto, ho portato il campione di DNA di Katie Walker direttamente in laboratorio. Hanno fatto un confronto con la donna all'obitorio: corrispondono".

"Non sono impaziente di condividere questa notizia. È il risultato peggiore".

"Se hai bisogno di me, verrò con te per darti supporto".

"Grazie per l'offerta, ma questo è un momento in cui il nostro consulente in organico sarà estremamente utile. Non abbiamo avuto modo di usarla spesso perché lavora fuori sede. Io non ho avuto molti contatti con il consigliere Briggs, e lei?".

"Non l'ho nemmeno incontrata", ha detto l'agente Lane.

"Immagino che sarò il primo a lavorare con lei dalla nostra stazione".

"Qualunque cosa accada, sergente, dovrebbe essere ben addestrata a gestirla".

"Lo spero proprio. Grazie e ci vediamo alla stazione".
Si scollegò rendendosi conto di non avere il numero
di Eleanor Briggs nel telefono. Chiamò di nuovo la
centrale e chiese all'addetto alla reception di trovare
il numero. Inserì le informazioni nel telefono, chiamò
Briggs e la mise al corrente della situazione.

"Posso essere pronto non appena avete bisogno di
me", indicò Briggs.

"Ok, passerò a prenderti tra un quarto d'ora", disse
Miller, facendo un'inversione di marcia. Non riusciva
a non pensare a Katie. Questa notizia le avrebbe
spezzato il cuore.

A malincuore compose il numero di Abe e lo mise al
corrente della situazione.

∗∗∗

B ENJAMIN SI SENTIVA CLAUSTROFOBICO e desiderava che il negozio si aprisse. Sarebbe stata una gradita distrazione. Mandò un messaggio ad Abe: "Dove sei?".

Abe era quasi a casa quando ricevette il messaggio, poi arrivò una chiamata dal sergente Miller.

"Ho una triste notizia sulla madre di Katie. Il suo corpo è stato trovato vicino al Viadotto".

"Suicidio?"

"Non è stato escluso".

"Ok. Una notizia incredibilmente triste. Povera Katie. Devo dirglielo adesso? Sto entrando".

"No. Io e un consulente veniamo a dirlo a Katie. Tu, Benjamin ed El sarete presenti? Avrà bisogno del vostro sostegno".

"Sì. È un risultato così triste. Certo, ci saremo tutti".

Arrivato a casa, entrò nella stanza della famiglia e vide Katie accoccolata a un peluche. "Chi è questo?", chiese.

"È Edward Bear, il mio peluche".

"Vorrei guardarlo da vicino, se puoi correre in camera mia e portarmi gli occhiali".

Katie sgattaiolò fuori e giù per il corridoio. Fece cenno a Benjamin ed El di avvicinarsi e comunicò loro la triste notizia.

***

"**P**OVERA KATIE", DISSE EL, con le lacrime agli occhi.

Benjamin non disse nulla.

"Il sergente Miller sta arrivando con un consulente per dirlo a Katie. Vorrebbero che fossimo qui per sostenerla. La consulente gestirà la situazione, è addestrata ad aiutare i bambini in situazioni traumatiche".

"Katie avrà il cuore spezzato, povera cara. Che ne sarà di lei?".

"E dopo che glielo avranno detto, cosa succederà?". Disse Benjamin, con le spalle curve. Il suo corpo si accasciò su se stesso, come se avesse appena ricevuto un pugno nello stomaco. "La porteranno via, la manderanno a vivere con dei genitori adottivi, cioè con degli estranei?".

"È felice qui", disse El.

"A parte l'incidente della finestra e gli incubi", disse Abe.

"Sarà fuori dalla nostra portata, dopo che avrà saputo che sua madre se n'è andata. Potrebbe avere dei parenti", disse El.

"In caso contrario, entrerà nel sistema di affidamento. Non può entrare nel sistema", ha detto Benjamin.

"È con noi da qualche giorno, il sergente Miller farà in modo che Katie sia la priorità, e lui ci conosce".

"Noi amiamo Katie", disse El.

Katie arrivò nella stanza con gli occhiali di Abe. Lui si chinò perché lei glieli mettesse sul viso.

"Grazie, piccola", disse, mentre le dava una pacca sulla testa.

Abe, El e Benjamin formarono un cerchio con Katie al centro. La sollevarono e la fecero girare su se stessa. Lei ridacchiò, gettò la testa all'indietro e immaginò di volare.

CAPITOLO 40

CATTIVE NOTIZIE

UN COLPO ALLA PORTA interruppe la loro allegria. Misero Katie a terra e Benjamin ed El si misero dietro di lei. Ognuno di loro le teneva una mano sulla spalla. Abe andò ad aprire la porta e tornò pochi istanti dopo con il sergente Miller e il consulente.

Benjamin strinse la presa sulla spalla di Katie.

"Mi conoscete tutti", disse il sergente Miller. "A parte te, Katie, sono un vecchio amico del Julius. E questo è il consigliere Briggs. Lavora con me alla stazione di polizia".

Abe strinse la mano virile di Briggs, mentre Katie, El e Benjamin rimasero al loro posto.

"Avete una bella casa", disse Briggs in direzione di El.

Briggs era alto quasi quanto Miller e, con spalle come quelle, sembrava potesse giocare come linebacker nei Packers. I suoi capelli color fragola sembravano aver infilato un dito in una presa e poi aver applicato la lacca. E il suo viso, invece di essere rotondo o ovale, era reso quadrato dalla frangia, dai capelli e dalla mancanza di collo. Il suo naso era decentrato, per cui non si era mai sicuri se i suoi occhi verdi strabici stessero guardando il naso o la persona con cui stava parlando. Briggs avanzò verso Katie che si nascose dietro Benjamin ed El.

Miller disse: "Katie, il consigliere Briggs, Eleanor, vorrebbe dirti qualcosa. È importante".

Katie rimase dov'era finché Benjamin ed El non le presero le mani.

"Glielo dirò", disse El, mentre lei e Benjamin la conducevano verso la sedia. Quando furono faccia a faccia, El disse: "Katie, tesoro, la tua mamma è andata in cielo".

Briggs intervenne. "Tua madre è morta, Katie".

El prese Katie tra le braccia.

"Katie", disse Briggs, chinandosi per toccarla sulla schiena. "Capisci? Riguardo a tua madre? C'è qualcosa che vorresti chiedermi? Non c'è problema se vuoi piangere".

Katie non disse nulla e si spostò dall'altra parte della stanza, dove allungò le braccia e cominciò a girarsi. Sembrava che fingesse di essere un mulino a vento.

"Non è morta", cantò su una melodia fin troppo familiare: Frere Jacques.

Benjamin, con le lacrime che gli scendevano sulle guance, la prese in braccio.

Mentre Katie urlava: "Non è morta! Non è morta!" mentre batteva i suoi piccoli pugni serrati contro il suo petto.

Benjamin le permise di sfogare tutto il dolore usando lui come sacco da boxe. Quando fu svuotata di ogni emozione ed esausta, si afflosciò tra le sue braccia come una bambola di pezza. La portò in camera sua e la mise a letto. Lei chiuse gli occhi. Di tanto in tanto le lacrime trapelavano, lui le asciugò e tenendola per mano la guardò addormentarsi.

Nel corridoio, Briggs si rivolse a El: "Katie ora è sotto la tutela del tribunale. Decideranno cosa è meglio per lei".

"Ha appena perso sua madre", disse El, stringendo i pugni così forte che le unghie le sfondavano la pelle. "Che razza di donna sei?".

"Ehi. Sta solo facendo il suo lavoro", disse il sergente Miller.

"Avrete bisogno di un'ordinanza del tribunale per allontanarla da casa mia", disse Abe.

Il sergente Miller guardò il suo vecchio amico. "Aspetta, Abe. Non abbiamo intenzione di irrompere nella sua stanza e strapparla dal suo letto. Ha appena perso la madre e non lo faremmo a lei o a nessun altro bambino, né ora né mai. Inoltre, vi conosce e sta meglio in un luogo familiare con persone di cui si fida e che conosce".

"Ora fa parte della nostra famiglia", disse El.

"Sì, ma non è vostra figlia", disse Briggs. "Inoltre, ci sono leggi e protocolli che devono essere seguiti".

"Sei una donna fredda", disse El alzando la voce con Briggs.

Miller li allontanò. "Le parlerò", disse a El. Poi a Briggs: "Possiamo parlarne fuori".

Briggs mise le mani sui fianchi. "Certo, possiamo continuare la discussione fuori".

Fece un passo verso la porta, poi disse a El e Abe: "Quindi, siete a conoscenza della procedura. Una volta che avrò presentato i documenti, un giudice deciderà quale sarà il passo successivo. La procedura normale prevede la consegna del bambino. Di solito entro le prossime ventiquattro o quarantotto ore. In caso contrario, si rischia una multa per ostruzione, messa in pericolo e forse anche il carcere. Tutto dipende dal giudice assegnato al caso di Katie". Voltò loro le spalle e si diresse verso l'uscita.

"Si chiama Katie", la seguì El.

Miller si scusò abbondantemente mentre seguiva Briggs fuori dalla porta.

CAPITOLO 41

MILLER E BRIGGS

MILLER APRÌ CON UN clic la porta della sua autovettura. Una volta dentro, la chiuse con un colpo secco. Dopo aver fatto un paio di respiri profondi, sbloccò la porta del passeggero per far entrare Briggs nel veicolo. Mentre lei si allacciava la cintura di sicurezza, lui sbatté i pugni chiusi sul volante. "Non dovevi essere così duro con loro".

"Si sono affezionati troppo a un bambino che non è loro. Una bambina che appartiene alla famiglia, non a degli estranei occasionali. Ha bisogno più che mai di stare con parenti di sangue, non con aspiranti tali".

"E se non ci sono parenti?".

Briggs scosse la testa. "Se non cerchiamo, non lo sapremo mai. È nostro dovere nei confronti del bambino cercarli. Non lasciare nulla di intentato. Assicurarci che riceva le migliori cure con persone che la aiutino a gestire il suo dolore".

"Loro la amano, l'hanno resa parte della loro famiglia e io li conosco da anni".

"So che è così, ma c'è qualcosa. C'è qualcosa che non va. Non riesco a capirlo, ma c'è".

Mentre usciva dal vialetto, Miller fece un altro respiro profondo. "Ma se non fosse stato per loro, avrebbe potuto essere rapita o uccisa. L'hanno salvata, l'hanno soccorsa. Dio solo sa cosa le sarebbe successo se fosse stata lasciata da sola sul lungomare per tutta la notte. Sapete com'è la zona dopo il tramonto. Drogati e prostitute. La bambina è stata dannatamente fortunata che la famiglia Julius l'abbia trovata, l'abbia accolta e l'abbia trattata come se fosse loro figlia".

"Capisco il suo punto di vista, sergente Miller, ma anche lei deve rendersi conto che la priorità deve essere la bambina. E io devo seguire il mio istinto".

Era così arrabbiato che non riusciva a parlare, così si mise a scavare con le unghie nella protezione in pelle del volante mentre lei continuava a blaterare.

"Lei è in polizia da anni e la sua reputazione è eccellente. Eppure, sta lasciando che le sue emozioni giochino con lei. Da quello che ho sentito, ha permesso alla polizia di pagare il conto per la ricerca di un bambino di cui conosceva l'ubicazione da giorni? Ha persino fatto finta alla stampa che stessimo ancora cercando non solo sua madre, ma anche Katie. Come lei ben sa, in entrambi i casi le sue azioni erano contrarie alle procedure".

Miller affondò ulteriormente le unghie nella protezione del volante. Trattenne il respiro e si concentrò sulla strada. Se non l'avesse fatto, si sarebbe arrabbiato moltissimo e... non voleva perdere il controllo quando lei gli stava facendo scattare l'interruttore. Cercava di fargli perdere la calma mettendo in dubbio la sua integrità. Lui era il suo superiore, in tutto e per tutto, eppure lei si dilungava come...

"Oh, ho capito", disse. "Sono tuoi amici e non possono avere un figlio, quindi ecco il figlio di tutti che nessuno vuole".

Miller frenò quando il semaforo passò dall'ambra al rosso. "Con chi crede di parlare?", chiese. "Innanzitutto, nessuno, come dice lei, "paga il conto". In realtà, ho seguito il protocollo e ho riferito al D.P.C. che Katie stava con Abe e sua moglie. Mi ha detto di monitorare la situazione, cosa che ho fatto. E quando è stato coinvolto l'RCMP, ho fatto sapere loro dove si trovava. Seguo il protocollo".

Scosse la testa: "Mi dispiace, non è una questione personale. È per questo che esiste il sistema, per proteggere chi non può proteggersi da solo".

Lui accolse la sua ultima affermazione con un cenno del capo, sapendo che era vera. Lasciare Katie dov'era aveva senso, ma Briggs aveva ragione su una cosa: le regole sono regole. I fatti erano questi: la coppia era anziana e questo poteva influenzare i tribunali.

"Questa è la mia giurisdizione", disse Miller. "Non mi sbandieri il regolamento. Io stavo seguendo le regole, mentre voi venivate ancora spinti in giro in una carrozzina".

Briggs rise.

Continuò, ora più calmo. "Il sistema ha i suoi difetti, ma la bambina, Katie, non si è persa nel sistema. È stata affidata alle cure della famiglia Julius, che è un pilastro della nostra comunità".

Briggs rimase in silenzio per un po'. "Dato è la parola su cui obietto. Un bambino non è un cucciolo da consegnare. Un giudice deve esaminare i fatti e decidere questo caso. Il giudice vedrà le cose in bianco e nero. Non si lascerà influenzare dalle emozioni".

"Garantisco per Abe ed El. Diavolo, se morissi, non potrei pensare a una coppia migliore per badare ai miei figli, se fossero ancora bambini. I miei sono tutti cresciuti".

"Non si tratta di lei, sergente Miller. Questa non è la sua battaglia".

Miller rimase in silenzio. Aveva ragione su un'altra cosa: non era la sua battaglia. Tuttavia, conosceva Abe e la sua famiglia.

Miller lasciò Briggs alla sua auto parcheggiata e si diresse alla stazione di polizia. Lei lo rendeva così arrabbiato, furioso. Ciò che odiava di più era quanto lei avesse ragione. Da un lato, la maggior parte dei giudici non si sarebbe preoccupata di Abe ed El e di quanti anni avessero.

Dall'altro, non gliene sarebbe importato nulla del cosiddetto istinto del consigliere Briggs. Soprattutto se fosse entrato per primo a perorare la causa di Julius. Pensò che Briggs avrebbe impiegato almeno trenta minuti per tornare in ufficio. Più o meno, a seconda del traffico. Nel frattempo, aveva messo a punto un piano d'azione.

Tornato in ufficio, Miller cliccò sul database e lesse il rapporto dell'agente Lane. Digitò un'appendice aggiornata:

Data, ora. Il sergente Alex Miller e il consigliere Eleanor Briggs si incontrarono a casa della famiglia Julius, dove Katie Walker alloggiava da quando sua madre era scomparsa in data, ora. Con Abe, sua moglie, El e il loro figlio adottivo - ha digitato sopra adottivo - ha aggiunto adottato.

Si fermò, non sapendo se il ragazzo fosse ancora in affidamento o adottato. Ridisegnò figlio adottivo, mentre Katie veniva informata della morte della madre.

A mio parere, il bambino dovrebbe rimanere con la famiglia Julius. Li conosce e ha costruito una fiducia. Trasferirla, in questo momento di dolore, in un ambiente sconosciuto, con persone che non conosce, sarebbe un cambiamento crudele e non necessario e potrebbe avere ripercussioni sulle possibilità della bambina di sopravvivere alla perdita della madre.

Smise di scrivere e rilesse. Sentiva il bisogno di rispondere all'intuizione di Briggs. La verità era che l'unica persona che aveva turbato la bambina era Briggs stessa.

Chiuse il file con un clic.

Miller telefonò a un giudice suo amico, il giudice Anders, che suggerì di fissare un'udienza preliminare.

Anders concordò che non c'era motivo di sradicare la bambina.

"Chieda al richiedente di venire in tribunale tra un'ora", disse Anders. "E potremo mettere in moto le cose".

"Grazie", rispose Miller. Riattaccò, chiamò Abe e gli spiegò l'urgenza di recarsi in tribunale. "Incontriamoci all'ingresso, il più velocemente possibile. Vedremo insieme il giudice Anders nel suo ufficio e sistemeremo le pratiche". Esitò, poi continuò. "Ho chiesto un favore che spero sia sufficiente per permetterti di tenere Katie con te", disse Miller. "Quindi, non fare tardi".

"Arrivo", disse Abe, e ordinò un taxi. Appena entrato nel veicolo, prima ancora di allacciarsi la cintura di sicurezza, ordinò all'autista di portarlo in tribunale il prima possibile.

"Se prendo una multa, devi pagare il conto", ha detto l'autista.

"Non le sto dicendo di infrangere la legge, ma solo di rispettarla e di evitare i percorsi più congestionati".

"Certo", rispose l'autista.

✳✳✳

TORNATA NEL SUO UFFICIO, Eleanor Briggs scorre in rete i fascicoli della bambina di nome Katie Walker. Bingo, trovò un recente rapporto scritto dall'agente Lacey Lane. In esso, Lane affermava che Katie aveva incubi e sonnambulismo. In un'occasione si era persino autolesionata. El Julius l'ha curata senza chiamare l'ambulanza, sostenendo di essere un'infermiera qualificata.

Al documento originale ha scritto la seguente aggiunta:

Data, ora. Il consigliere Eleanor Briggs e il sergente Alex Miller si recarono a casa Julius dove Katie Walker fu informata della morte della madre. Erano presenti anche Abe, El e Benjamin Julius.

Katie era rimasta con loro dalla scomparsa della madre in data. La bambina accolse la notizia nel modo migliore possibile, date le circostanze.

Tuttavia, El Julius divenne ostile quando Briggs cercò di comunicare direttamente con la bambina. Dopo aver letto il rapporto dell'agente Lane, il consigliere ritiene che gli incubi possano essere stati il risultato diretto dell'eccessivo atteggiamento materno della signora Julius. Questo è preoccupante, poiché la madre di Katie, fino ad oggi, è stata considerata viva. Raccomando quindi che Katie Walker venga allontanata immediatamente dalla casa dei Julius. Preferibilmente per essere trasferita in una casa con un parente consanguineo".

Smise di scrivere e rifletté per un momento. La lettura di queste informazioni aveva fatto luce sulla sua sensazione istintiva? Decise di no. Tuttavia, ora aveva più informazioni che avrebbero reso più forte il suo caso.

Briggs era certa che la maggior parte dei giudici avrebbe seguito le sue raccomandazioni e avrebbe affidato la piccola Katie Walker all'assistenza provinciale.

Premette INVIA.

CAPITOLO 42

BRIGGS LO MANCA!

UN'AMICA CHE LAVORAVA NELL'UFFICIO del giudice Anders doveva un favore a Eleanor Briggs. La chiamò e la mise al corrente della situazione. "Figlio di puttana", esclamò Briggs. Anders non era il tipo di giudice con cui si può telefonare e negoziare. Il faccia a faccia era l'unica soluzione con lui. Uscì di corsa dall'edificio, scese in macchina e si diresse verso il tribunale.

Briggs non riusciva a credere che Miller si rivolgesse a un giudice, tanto meno a uno con cui non aveva mai avuto un rapporto diretto. Anche se, a pensarci bene, non credeva che Miller sapesse che si erano scontrati. D'altronde, nel distretto le voci girano. La gente parlava. Si spettegolava come in qualsiasi altra carriera. Era una coincidenza troppo grande.

Miller doveva saperlo. Svoltò dietro un angolo, facendo stridere le gomme quando il semaforo divenne giallo.

Batté i pugni sul volante. Non riusciva ancora a credere che fosse il giudice Anders a presiedere l'udienza preliminare. Era noto per la sua clemenza e amava le storie che gli toccavano il cuore. Era un giudice buono, equo e giusto, ma portava il suo cuore sulla manica: alcuni pensavano che fosse la sua migliore qualità di giudice. Per Briggs seguire le regole era l'unico modo per lavorare. Se solo Anders sapesse degli incubi e della signora Julius che finge di essere un'infermiera, potrebbe cambiare tutto.

Briggs arrivò all'ufficio del giudice, proprio mentre Miller e Abe stavano uscendo.

"È troppo tardi", disse Miller. "Il giudice Anders ha approvato la nostra richiesta che Katie rimanga con i Julius per un mese. Riesaminerà il caso alla fine del mandato".

Briggs si fece largo tra i due uomini, entrò nell'ufficio di Anders e si chiuse la porta alle spalle.

"Non apprezzerà il fatto di essere stato messo in secondo piano", disse Miller mentre lui e Abe lasciavano l'edificio.

CAPITOLO 43

ABE E MILLER

MILLER ERA SODDISFATTO DEL risultato mentre accompagnava Abe a casa. L'unica cosa che avrebbe potuto cambiare le cose per Katie nel mese successivo sarebbe stata se si fosse fatto avanti un parente. Altrimenti, la bambina sarebbe rimasta sotto la loro custodia a tempo indeterminato.

Abe rimase in silenzio finché l'auto non si fermò a casa sua. "Cosa succede se Briggs ottiene il suo scopo e Katie viene mandata a vivere con dei perfetti estranei?".

"Abbiamo ottenuto una sentenza a nostro favore, non preoccupiamoci ora".

"Ma io mi preoccupo. Sono certa che anche Benjamin ed El saranno preoccupati. Dovremmo dire alla bambina che potrebbe stare con noi solo per un mese? Per prepararla?".

"Un mese per una bambina come Katie è molto tempo", disse Miller. "E lei è ancora in lutto per la madre".

"Sarà un percorso difficile, ma grazie", disse Abe scendendo dall'auto. Ha salutato con la mano il sergente Miller che si allontanava.

"Sarà un percorso difficile, ma grazie", disse Abe scendendo dall'auto. Ha salutato con la mano il sergente Miller che si allontanava.

CAPITOLO 44

KATIE

QUANDO KATIE SI SVEGLIÒ, stava fissando il soffitto. I piccoli petali di rosa sembravano ancora più belli oggi, con il sole che li illuminava. Guardò i petali rossi che danzavano a mezz'aria, rotolando e svolazzando come in un film.

El dormiva profondamente accanto a lei e Benjamin dormiva sulla sedia. Ricordò che era successo qualcosa di meraviglioso e poi qualcosa di meno meraviglioso.

Chiuse gli occhi e cercò di ricordare sia il bello che il brutto. Pensò all'uomo con l'uniforme della polizia e alla donna spaventosa. Si voltò ricordando che la donna l'aveva afferrata.

Poi si ricordò. La donna cattiva aveva detto che la sua mamma era morta, ma non lo era. Si mise a piangere.

Benjamin ed El strinsero la bambina tra le braccia.

"Non è morta", disse con gli occhi pieni di lacrime.

"Andrà tutto bene", disse El, combattendo le lacrime.

"Siamo qui per te", la tranquillizzò Benjamin.

Benjamin sapeva di non poterle togliere il dolore, che era suo e solo suo. Lui stesso aveva provato lo stesso dolore della perdita. Per questo sapeva di poterla aiutare condividendo il suo dolore, come Abe aveva fatto per lui molto, molto tempo prima. Allora aveva riversato il suo dolore in Abe, ora avrebbe permesso a Katie di riversare il suo dolore in lui.

CAPITOLO 45

MISTERO

Quando Abe entrò, trovò Benjamin ed El nella stanza di Katie.

"Devo parlarti, El", sussurrò.

El uscì, lasciando Benjamin e Katie con la porta socchiusa.

Abe prese la moglie per mano e la condusse in corridoio.

"La stanno portando via da noi?", chiese lei.

"Vieni in cucina quando potremo parlare come si deve".

Benjamin si era svegliato e stava ascoltando, finché non si allontanarono in cucina.

"No, oggi abbiamo ottenuto una vittoria, può restare con noi per almeno un altro mese, e forse a tempo indeterminato".

"Sono contento che non debba essere trasferita. Non è in condizioni di essere portata a vivere con degli estranei. Non potrei sopportarlo".

"È solo temporaneo, ma grazie al sostegno del sergente Miller è una vittoria".

"Dobbiamo dirlo a Benjamin".

Andarono nella stanza di Katie. Lei stava dormendo, Benjamin invece non si trovava da nessuna parte. Tornando nella stanza di Katie, El accarezzò la testa della bambina. Gettò indietro le coperte: era la bambola, non Katie. "Oh no!", esclamò.

La coppia di anziani cercò in tutte le stanze della casa, poi andarono in giardino. Ancora nessuna traccia né di Katie né di Benjamin.

"Dove possono essere andati?" Chiese El.

"Non lo so", disse Abe.

"Era così sconvolta. L'avevamo tranquillizzata solo prima che tu chiedessi di parlarmi". El ebbe un sussulto. "Forse Benjamin pensava che l'avrebbero portata via e così l'ha presa prima che potessero farlo. Quando mi hai chiamato fuori dalla stanza... deve aver pensato". Pianse tra le mani.

"Non possono essere andati lontano".

CAPITOLO 46

BENJAMIN E KATIE

PORTÒ LA BAMBINA ADDORMENTATA tra le braccia e salì sul taxi che aveva ordinato.

"Mia sorella si è addormentata, prima che potessi portarla a casa", spiegò.

L'autista alzò le spalle.

Benjamin accarezzò i capelli di Katie mentre dormiva. Portarla a casa era stato l'unico modo per tenerla al sicuro. C'erano pericoli tutt'intorno. Pericoli da cui solo lui poteva proteggerla.

Quarantacinque minuti dopo, dall'altra parte della città. "Puoi lasciarci qui", disse Benjamin.

"Ha proprio il sonno pesante", disse l'autista. Scese e aprì la portiera. Benjamin gli mise in mano alcune banconote.

L'uomo alla porta aprì e lui ritirò la chiave. In ascensore, Katie si agitò per un attimo, poi si riaddormentò.

Arrivato al settimo piano, aprì la porta e la pose con cura sul letto. Chiuse le tende, le mise addosso una coperta e si sedette su una sedia vicino al letto. Si assopì.

"Che cosa è successo? Dove sono?" Chiese Katie, strofinandosi gli occhi e cercando di alzarsi dal letto. Non riuscendo a farlo, rimase sul cuscino. Erano passate alcune ore e si trovava in un luogo sconosciuto. Un luogo che puzzava di zucchero filato e di toast bruciati.

Benjamin aveva aspettato che Katie si riprendesse prima di parlarle. Quando i farmaci che le aveva somministrato si erano esauriti, poteva parlarle. Spiegarle le cose. Mantenere la calma.

Non voleva che gridasse. Qualcuno avrebbe potuto sentirla se avesse urlato. Allora avrebbe dovuto farle del male. Non voleva farle del male.

CAPITOLO 47

ABE E EL

"CREDO SIA MEGLIO CHIAMARE il sergente Miller e farglielo sapere", disse Abe.

El lo fermò. "Perché? Andrà tutto bene. La riporterà indietro. Non sarà andata lontano, non senza la sua bambola".

"Ho un brutto presentimento", disse Abe. "Chiamo il sergente Miller". Si alzò e andò al telefono. Lo prese e iniziò a comporre il numero.

"Hai ragione, Abe". Lei si avvicinò a lui proprio mentre il marito metteva giù il telefono e le voltava le spalle per andarsene. "Dobbiamo essere noi a denunciare la cosa. Entrambi i bambini sono scomparsi".

Seguì da vicino il marito. "È una nostra responsabilità. Dobbiamo trovare i bambini, e in fretta".

"E lo faremo, non c'è bisogno di farsi prendere dal panico".

"Forse", disse El, mentre Abe posava ancora una volta il ricevitore del telefono. "Forse. Ma..." El si diresse verso la porta d'ingresso. "Vado fuori a chiamarli. Forse si stanno nascondendo. Stanno giocando a nascondino".

Abe la prese per un braccio. La tirò dentro, nel soggiorno.

El osservò in silenzio il marito che camminava e si agitava sempre di più.

CAPITOLO 48

KATIE

S U UNA SEDIA ACCANTO al letto sedeva Benjamin. Sembrava Benjamin e poi non lo era più. Era tutto sfocato e lontano.

Dov'era El? Dov'era Abe?

Guardò il soffitto: non c'erano petali di rosa danzanti in questa stanza. La stanza cominciò a girare, mentre lo stomaco le saliva alla gola.

Benjamin era al suo fianco e teneva in mano un secchiello del ghiaccio in cui lei vomitava. Quando lei finì, lui andò in bagno e scaricò il contenuto del secchio nel water. Fece scorrere dell'acqua fresca su una salvietta e tornò ad appoggiarla sulla fronte della bambina.

"Va meglio ora?", chiese mentre il suo telefono vibrava. Abe stava chiamando. Spense il telefono e tolse la batteria. Lo posò a terra e lo calpestò, poi ne gettò i resti nel cestino.

Katie lo guardò in silenzio fino al suo ritorno. "Sì, grazie", disse. Lui si sedette in fondo al letto e la guardò. "Dove siamo? Dov'è la mia mamma? Voglio la mia mamma! E dove sono Abe ed El? Voglio El".

Benjamin si voltò e si mise in piedi. "Sono dovuti andare via. Come è dovuta andare via la tua mamma". Attraversò la stanza e si sedette su una sedia. Tirò su le gambe, in modo da essere seduto in stile yoga, poi chiuse gli occhi come se volesse mediare.

Katie singhiozzò.

Lui aprì gli occhi. "Adesso siamo io e te, io e te, ragazzo". Chiuse di nuovo gli occhi e si coprì il viso.

Katie cominciò a piangere: "Voglio la mia mamma. Voglio la mia mamma!".

Benjamin si mosse sul pavimento verso di lei.

Lei si ritrasse da lui, avvolgendosi le braccia intorno a sé.

CAPITOLO 49

EL E ABE

EL STAVA DIVENTANDO SEMPRE più impaziente dell'inazione di Abe.

"Dobbiamo fare qualcosa, adesso", disse. "Il tempo scorre e potrebbe succedere di tutto. Vorrei non averti impedito di chiamare Alex. Vorrei..."

Si avvicinò al telefono.

"Non farlo", disse Abe, afferrandole il braccio. "Non farlo e basta".

CAPITOLO 50

UNA PENSIERO...

IL SERGENTE MILLER AVEVA un fascicolo sulla scrivania quando tornò in ufficio. Sfogliò un rapporto che confermava che la donna morta si chiamava Margaret (Maggie) Monahan. Si fermò e si sedette sulla sedia. Aspetta. La madre di Katie era Jennifer Walker. Ma il rapporto del DNA corrispondeva a quello di Katie.

Si chinò in avanti e continuò a leggere di Margaret Monahan. Mentre il dito scorreva sulla sua biografia, confermò un collegamento: una sorella. Margaret Monahan era il nome da sposata della sorella di Jennifer Walker.

Continuando a leggere, scoprì che entrambi i genitori erano morti prima della nascita di Katie. Quindi non aveva mai conosciuto i suoi nonni.

Pensò alla reazione di Katie alla notizia. Si rifiutava categoricamente di crederci e aveva ragione.

Miller uscì di corsa dal suo ufficio, con la necessità di andare da qualche parte, ma senza sapere ancora perché. Il nome di Abe gli venne in mente. Perché? Lo chiamò. Non rispose. Eppure qualcosa lo tormentava.

Andò alla sua auto, azionò la sirena che divise il traffico da tutti i lati mentre si dirigeva verso la casa di Abe.

Quando entrò nel vialetto, notò subito che la porta d'ingresso era spalancata. Il negozio adiacente aveva un cartello CHIUSO sulla vetrina.

Miller entrò, chiamando: "C'è nessuno in casa? Sono Alex Miller. Abe? El?".

La casa era ordinata e silenziosa. Non si sentiva il suono della televisione o della radio. Ma c'era qualcosa di strano, la sua sensazione era stata giusta. Ritirò l'arma e girò l'angolo che portava al soggiorno.

C'era un corpo sul pavimento: il corpo di El Julius.

CAPITOLO 51

ABE

DOPO AVER PROVATO A chiamare Benjamin - senza ottenere risposta - Abe uscì in strada e fermò un taxi.

"Portami alla stazione ferroviaria", chiese, frugando nel portafoglio. Nella fretta aveva dimenticato di portare altri soldi. Li avrebbe presi alla stazione.

"Certo", disse l'autista, poi alzò il volume della radio.

Abe provò a chiamare di nuovo Benjamin senza successo. Il ragazzo sarebbe stato così idiota da portare il bambino nel loro posto segreto?

CAPITOLO 52

KATIE E BENJAMIN

BENJAMIN MISE UN BRACCIO intorno alla spalla di Katie e si sedettero fianco a fianco sul letto senza parlare. Lei si strinse a lui.

"Benji", disse lei, cingendogli la vita con le braccia.

Lui la baciò sulla testa. Canticchiò una ninna nanna, finché lei non si riaddormentò. Si coprì le orecchie. Odiava il rumore del mini frigorifero che ronzava. Staccò la spina dal muro.

CAPITOLO 53

MILLER E EL

"Gesù, El", disse Miller, scendendo su un ginocchio per sentire il polso. C'era, debole, ma c'era. Le cullò la testa nel braccio e lei aprì gli occhi.

"Chi ti ha fatto questo?".

"Abe", sussurrò lei.

Miller si avvicinò, ma non aveva sentito bene. Aveva sentito bene?

"Abe. È stato Abe", disse lei, con gli occhi rovesciati all'indietro mentre con la mano libera digitava il 911 sul telefono.

Dopo che l'ambulanza si allontanò con l'urlo della sirena, il sergente Miller cercò di trovare Abe, Benjamin e Katie. Dov'erano? Erano andati tutti insieme da qualche parte lasciando El in questo stato?

Mentre Miller esaminava tutto, senza che nulla avesse un minimo di senso, il suo telefono squillò. Sperava che qualcuno sapesse qualcosa. Ed El si sarebbe ripresa. Doveva stare bene.

"Mi dispiace, sergente, ma è andata in arresto cardiaco", disse l'autista dell'ambulanza. "Non siamo riusciti a salvarla".

"Oh no", disse Miller, disconnettendosi.

Doveva pensarci bene. Doveva schiarirsi le idee. Doveva trovare Katie Walker e dirle che aveva ragione. Sua madre non era morta, ma El sì. Come avrebbe fatto a dar loro la notizia?

Miller chiamò la centrale e chiese che venisse inviata una squadra per rintracciare tutte le chiamate in arrivo.

"Il prima possibile, cioè ieri", disse.

Pochi istanti dopo una squadra si stava recando a casa dei Julius.

CAPITOLO 54

BENJAMIN E KATIE

CULLANDO LA TESTA DI Katie, Benjamin dondolava avanti e indietro e avanti e indietro. Fece finta che fossero su una sedia a dondolo, anche se non lo erano. Erano invece nel luogo segreto. Il luogo segreto dove andavano tutti i bambini dimenticati.

Gli altri bambini correvano e giocavano, mentre Katie dormiva. Benjamin li salutò, poi si portò le dita alle labbra.

"Shhhh", sussurrò.

Giocò con i suoi capelli, pensando a come spiegare la decisione che aveva preso. Non era la prima volta che portava qualcuno nel luogo segreto: il luogo all'interno del dipinto I girasoli di Van Gogh.

Ma Katie era la più giovane, quindi dovette scegliere ogni parola con attenzione, con ponderazione. Si rendeva conto che al primo risveglio sarebbe stata spaventata. Era anche il motivo per cui le aveva dato un'altra dose di sonnifero, mentre decideva cosa fare. Sperava che la transizione fosse tranquilla e semplice. Dato che anche lei era orfana ora. Sarebbero stati insieme, con gli altri bambini. Nessuno doveva essere solo, non qui, in questo nuovo mondo.

Ricordava la prima volta che si era svegliato nel mondo di Van Gogh. Abe non aveva mai immaginato di essere fuori dal suo corpo mentre il vecchio gli faceva cose ignobili.

E ora non lo avrebbe mai saputo. Perché lui, Katie e gli altri erano al sicuro, nascosti in un nuovo mondo dove agli adulti non era permesso andare.

CAPITOLO 55

ABE

ARRIVATO ALLA STAZIONE FERROVIARIA, Abe guardò l'orario. Comprò un biglietto, poi sincronizzò l'orologio con l'ora di arrivo prevista. Doveva aspettare un po'. Aspettare e preoccuparsi. Attraversò la banchina, si sedette su una panchina vuota e iniziò a passare in rassegna le sue preoccupazioni una per una. Questo metodo di affrontare ogni problema si era rivelato una strategia preziosa per lui in passato.

Per prima cosa, fece un elenco mentale che iniziava con El, Benjamin e finiva con Katie. Si trattava di un elenco breve, di cui poteva facilmente occuparsi in tempi brevi.

L'incidente con El era stato sfortunato. Lei aveva reagito in modo eccessivo, provocando la sua stessa reazione. Se solo avesse lasciato che fosse lui a gestire le cose.

Lo aveva fatto in passato, evitando così un confronto. Non l'aveva colpita duramente. Era stato solo un colpetto d'amore. Lei si sarebbe ripresa e avrebbe perdonato tutto, come faceva sempre. Fece il numero di casa per controllare come stava.

"Pronto", abbaiò una voce, una voce maschile, mentre Abe si dirigeva verso il bancomat. Poi, dopo aver prelevato del denaro, controllò su quale binario sarebbe arrivato il suo treno e vi si diresse.

Abe non parlò, perché fu stordito dal silenzio quando riconobbe la voce di Alex Miller all'altro capo. Cosa ci faceva lì? El lo aveva chiamato? Aveva intenzione di sporgere denuncia contro di lui? Non l'aveva mai fatto in passato, perché avevano sempre risolto la questione tra loro due.

"Abe sei tu? El è morta. Abe? Abe?"

Abe non riusciva a crederci. El non poteva essere morto. Lasciò andare il telefono che cadde sul pavimento. Sentì Alex che lo chiamava per nome e riprese il telefono. Grazie al cielo funzionava ancora.

"Cos'è? No, non può essere!".

Dietro di lui, la squadra di agenti di Miller stava rintracciando la posizione di Abe, cercando di far sincronizzare il suo telefono e di trasmettere la sua posizione. Gli agenti facevano segnali con la mano per indicare che avevano bisogno di più tempo.

Miller ha detto. "Ha preso una brutta botta in testa, ho chiamato l'ambulanza, ma non è arrivata all'ospedale. Dove sono i bambini? Né Katie né Benjamin sono in casa. E tu dove sei?".

Abe si diresse verso le scale, desideroso di tornare a casa. Doveva attenersi al piano. Trovare Benjamin e Katie.

L'agente indicò di nuovo a Miller di prolungare la chiamata tenendolo in linea.

"La tua porta d'ingresso era spalancata quando sono arrivato. Ero preoccupato per te, Abe. Siamo amici da così tanto tempo che ho avuto una sensazione istintiva. Come se avessi bisogno di me o qualcosa del genere", Miller guardò verso di lui, che stava individuando la sua posizione.

Ha continuato. "Stavo pensando a quella volta che io e te abbiamo portato i miei due ragazzi in barca a pescare un po', ricordi? Ti ricordi? Sembra che sia passato così tanto tempo, dovremmo rifarlo. Questa volta potremmo portare Benjamin e Katie. A loro piacerebbe molto. Non credi?".

Abe disse. "Non riesco a credere alla storia di El. Come può essere morta? Chi farebbe mai del male a El?". Si fermò, poi chiese: "Ha detto qualcosa?

"No, Abe, era priva di sensi quando sono arrivato. Sono nell'Arma da così tanto tempo e siamo amici da così tanto tempo che credo che siamo collegati. Come ho detto, quando sono arrivato la porta era spalancata".

Abe inspirò.

"Stai bene? Dove sei? Vengo a prenderti; vorrai vederla e possiamo trovare i due bambini, devono saperlo".

Il fischio di un treno fu seguito da un rumore di strattoni.

"Ora devo andare", disse Abe. Il suo vecchio amico stava vaneggiando, cosa che non avrebbe fatto in circostanze normali. El aveva detto qualcosa. Ora stavano cercando di trovare la sua posizione. Gettò il telefono nel cestino dei rifiuti.

"Aspetta Abe!" Miller gridò, guardando l'agente.

"Abbiamo la sua posizione, in una stazione ferroviaria dell'East Side. Ho appena controllato e il treno sulla piattaforma è partito, ma lui è ancora sulla piattaforma".

"Mandami la posizione, ci vado subito".

"Lo farò", disse l'agente.

Quando salì in macchina, mise il lampeggiante sul tetto. Mise le sirene a tutto volume, il che gli permise di tagliare il traffico congestionato come il burro.

CAPITOLO 56

ABE E IL TRENO

Sul treno, Abe si sedette in un posto lontano dagli altri passeggeri per poter pensare. El non c'era più. Era morta. L'aveva uccisa, ma era stato un incidente. Non aveva intenzione di farle del male. La sua vita non valeva nulla senza di lei.

Alla prima fermata, osservò i passeggeri sulla banchina. Era fastidioso vederli camminare come robot con la massima attenzione ai loro telefoni. Se qualcuno si avvicinava alle loro spalle, potevano spingerlo sui binari. Sarebbero morti prima di rendersi conto di cosa fosse successo. È triste che il mondo sia diventato così. Robot ambulanti.

Per questo motivo aveva evitato di usare il cellulare per tanto tempo. Solo quando Benjamin gli aveva insegnato i vantaggi di averlo a portata di mano, aveva iniziato a usarlo. Quando si incontravano, con poco preavviso, si mandavano un messaggio. I loro messaggi erano in codice, così nessun altro avrebbe saputo di cosa stavano parlando. Era eccitante, divertente.

Pensando alla morte di El, Abe inventò una storia nella sua mente. L'avrebbe raccontata al sergente Miller la prossima volta che l'avesse visto. Avrebbe iniziato raccontando al suo vecchio amico che Benjamin aveva paura che prendessero Katie in affidamento. Benjamin che aveva subito abusi nel sistema di affidamento. Come il povero adolescente sconvolto avesse accidentalmente spinto El. El era caduto a terra. Lui stesso aveva controllato che El fosse lucida e poi, con l'ok di El, era corso fuori di casa a cercare Benjamin che aveva preso Katie dopo aver ferito El e si era dato alla fuga.

Sì, dopo tutto quello che aveva fatto per il ragazzo, lo avrebbe convinto ad accettare la storia. Aveva i suoi metodi per convincere il ragazzo a fare tutto ciò che voleva.

Qualcuno si spostò nel posto dietro di lui: una donna, a giudicare dal suo profumo. Si guardò intorno: sì, una giovane donna. Forse venticinque anni. Stava andando al lavoro o a una festa, pensò, vestita di tutto punto. La guardò estrarre una mela dalla borsa e rabbrividì quando ne diede un morso, poi molti altri. Masticava a bocca aperta. Un po' di succo di mela gli schizzò sul collo. Lui lo asciugò. Disgustoso e fastidioso. Lei sgranocchiava e masticava. Sgranocchiava e masticava. Lui aspettava il prossimo scricchiolio, con le spalle tese, ma non arrivava mai. Si voltò per vedere perché e scoprì che la donna stava soffocando.

"Qualcuno conosce la manovra di Heimlich?". Abe gridò, ma lui e la donna erano gli unici nella carrozza.

Chiuse la bocca, rendendosi conto che le sue grida avevano attirato l'attenzione sulla situazione e per una frazione di secondo, forse di più, desiderò lasciare che la donna soffocasse.

Mentre gli altri passeggeri si dirigevano verso di loro, diede un forte pugno sulla schiena della donna, che sputò la mela sul pavimento.

CAPITOLO 57

IN SEGUITO...

MILLER SFRECCIÒ NEL TRAFFICO. Ha conquistato un posto all'ingresso della stazione ferroviaria. Lasciò le luci lampeggianti per evitare che gli addetti alle multe lo bloccassero. Salì di corsa le scale.

"Sei quasi arrivato. Dritto davanti a te. Proprio alla sua sinistra", disse l'agente di sorveglianza.

"L'unica cosa sulla piattaforma oltre a me è un bidone della spazzatura", disse Miller. Si diresse verso di esso.

"Sì, è da lì che proviene il segnale".

Il sergente Miller indossò i guanti e mise le mani nel bidone. Spostando una buccia di banana, trovò quello che stava cercando: Il telefono di Abe.

"Posso aiutarla?" chiese un controllore.

"Sì, da quanto tempo è partito l'ultimo treno?".

"Quindici minuti fa, ma non sono andati lontano".

Miller fece una doppia faccia. "Come mai?"

Il capotreno continuò. "Il treno si è fermato per un'emergenza con un passeggero a bordo. L'ambulanza ha raccolto una donna e la sta portando in ospedale. È stata vittima di una mela che le si è conficcata in gola. Dicono che si riprenderà, la stanno solo controllando per essere sicuri ai fini assicurativi".

"Qual era la destinazione finale del treno?". Chiese Miller.

"È un espresso, quindi solo una fermata al capolinea".

"Grazie", disse Miller. Scese di corsa le scale, salì sul suo veicolo e attivò la sirena.

CAPITOLO 58

ABE IL BUON SAMARITANO

NON PIÙ SUL TRENO, Abe teneva la mano della donna che aveva salvato. Erano sul retro di un'ambulanza e stavano andando all'ospedale.

Poco dopo aver sputato la mela, l'ambulanza arrivò. La giovane donna, fastidiosa, si rifiutò di salire sul veicolo, a meno che Abe non andasse in ospedale con lei.

"È il mio buon samaritano", disse la donna.

Dopo che i paramedici spinsero la donna in ospedale su una barella, Abe vide la possibilità di fuggire. Ha chiamato un taxi. Mentre aspettava sulla piattaforma, l'autista dell'ambulanza è uscito.

"Grazie per aver preso il controllo della situazione e averle salvato la vita".

"Di nulla", disse Abe attraverso il finestrino aperto. Poi all'autista: "Lasciami all'angolo tra Magnolia e Oak".

Il furgone bianco si allontanò, mentre l'autista dell'ambulanza entrava nella cabina del suo veicolo.

Alla radio arrivò un messaggio che chiedeva a tutti gli autisti di stare attenti a un uomo che corrispondeva alla descrizione di Abe.

CAPITOLO 59

MILLER E ABE

IL TELEFONO DI MILLER squillò. "Ha appena chiamato un autista di ambulanza. Ha detto che un uomo che corrisponde alla descrizione di Abe è partito pochi minuti fa con un furgone bianco. Sì, dall'ospedale. Ha detto che Abe ha salvato la vita di una donna sul treno".

"Sembra proprio l'Abe che conosco. L'autista è riuscito a prendere il numero di targa?".

"No, ma ha sentito l'anziano signore chiedere di essere portato all'angolo tra Magnolia e Oak".

"Ci sono quasi", disse Miller, staccando la spina. Si chiese cosa ci fosse nelle vicinanze: era una zona ben nota e squallida, dove le prostitute si aggiravano per le strade anche di giorno.

Qualche isolato dopo, un furgone bianco si fermò al semaforo vicino a Magnolia. Miller scese dal suo veicolo e si avvicinò al lato del passeggero. Abe non era una gallina dalle uova d'oro, ma non voleva correre il rischio che potesse scappare. Nel veicolo non c'era nessun passeggero.

Abe mostrò i documenti e chiese se avesse portato un passeggero, un signore anziano, in questo luogo. L'uomo annuì. "Dov'è andato?"

"È sceso, un paio di isolati più indietro. Mi ha pagato in contanti e ha detto che avrebbe fatto il resto della strada a piedi".

"Ci è mancato poco", disse Miller, mentre tornava al suo veicolo, poi cambiò idea e si spostò sul marciapiede. Guardò in alto e in basso: nessuna traccia di Abe. Attraversò la strada e fece lo stesso e vide qualcuno che usciva da un negozio portando una borsa. Dovette correre per qualche isolato per raggiungerlo, ignorando i semafori, ma alla fine lo individuò.

Miller guardò il suo vecchio amico salire le scale. Un concierge gli aprì la porta, facendo un cenno con il cappello.

Miller mostrò il suo badge al concierge e poi entrò. Le porte dell'ascensore si stavano chiudendo e si dirigevano verso il settimo piano. Pensò di salire i gradini, ma aspettò che l'ascensore tornasse giù. Entrò, premette il pulsante e in pochi istanti si trovò al piano giusto, dove aveva quattro porte tra cui scegliere. Qual era quella di Abe? E cosa ci faceva in un appartamento in questa zona? Si spostò con cautela da una porta all'altra, ascoltando con l'orecchio teso contro la porta per individuare eventuali rumori all'interno.

Non sentì nulla finché non raggiunse la porta numero quattro.

CAPITOLO 60

LA CAMERA

ALL'INTERNO DELLA STANZA, ABE rimase immobile mentre cercava di riprendere fiato. Stava perdendo la testa? Per un attimo pensò di aver visto Alex Miller là fuori. Non era possibile che il suo vecchio amico lo avesse seguito: aveva abbandonato il telefono.

Aprì la borsa, estrasse il suo nuovo telefono usa e getta e lo mise in carica. Poi tirò fuori due sacchetti di caramelle, le preferite di Benjamin. Le versò in un piatto che posò sul comodino.

Guardando in giro per la stanza, notò due bicchieri sul tavolino. Quindi erano lì, o erano stati lì. Si rese conto di avere sete e si versò un bicchiere d'acqua fresca.

Lo bevve, poi ne versò un secondo e lo tenne sulla fronte. La sensazione è buona, così lo tiene in posizione mentre si guarda intorno alla stanza.

Dietro di lui il rubinetto gocciolava. Ricordava di essere a letto dopo una delle loro numerose sedute, con Benjamin che dormiva accanto a lui. Anche allora il rubinetto gocciolava. Doveva alzarsi dal letto, stringerlo. Tornare a letto e di nuovo, gocciolare gocciolare gocciolare. Sotto il lavandino trovò una chiave inglese e risolse il problema, ma ora si ripresentava. Era passato un po' di tempo dall'ultima volta che erano stati insieme.

Si sedette sul bordo del letto. "Katie? Benjamin?" Nessuna risposta. Riprovò, sollevando il piumone per guardare sotto il letto. "Ti sento respirare". Si spostò verso il balcone: "Esci, esci, ovunque tu sia".

CAPITOLO 61

COSA?

A SPETTA.

Miller si chiese: Abe ha detto i loro nomi ad alta voce? Avvicinò l'orecchio. Era di nuovo così, il vecchio chiamava i bambini, come se stessero giocando a nascondino. Miller si grattò la testa. Il tono che Abe stava usando era giocoso e familiare. Come se avesse già fatto questo genere di cose.

All'interno della stanza sentì dei passi, seguiti dal rumore di una porta che si apriva e si chiudeva. Tenne l'orecchio premuto contro la porta, mentre un gabinetto tirava lo sciacquone, il rubinetto strideva, la porta si apriva e dei passi si facevano strada attraverso la stanza dove un letto scricchiolava. Pochi istanti dopo Miller sentì un forte russare. La moglie di Abe era morta e lui stava facendo un pisolino.

CAPITOLO 62

IL SOGNO

ABE SOGNÒ DI ESSERE tornato a casa e di essere con El. In un momento volavano insieme nel cielo. In un altro momento erano abbracciati sul letto.

Lei gli sussurrò all'orecchio: "Abe".

"Abe", sussurrò Benjamin.

"Benjamin?", disse alzandosi dal letto. Nessuna risposta.

Abe si avvicinò all'armadio. Ricordò Benjamin, anni prima, quando era arrivato per la prima volta nella loro casa. Aveva paura di tutti e di tutto e aveva trovato conforto nascondendosi in un armadio.

"So che sei lì dentro", disse facendo scorrere la porta. Certo, Benjamin era lì dentro. Molto, molto indietro contro il muro, seduto a gambe incrociate.

Abe tastò lungo la parete, alla ricerca di un interruttore della luce. Non c'era.

"Vieni fuori, Benjamin", lo esortò. "Ti ho portato cioccolatini e caramelle: i tuoi preferiti". Ma il ragazzo non si mosse. Abe si ritirò dove il telefono usa e getta era in carica. Era quasi a metà strada. Scaricò l'applicazione della torcia. La provò e funzionò bene. Si avvicinò all'armadio con il telefono che illuminava la strada.

Benjamin aveva in mano qualcosa, una bambola logora. Abe si avvicinò con la torcia. La cosa che teneva in mano non era una bambola: era Katie.

Si avvicinò, si avvicinò. Allungò la mano e toccò la guancia del ragazzo e poi quella della ragazza: erano entrambe fredde come la pietra. Lanciò un urlo che avrebbe risvegliato i morti.

CAPITOLO 63

SESAMO APERTO

MILLER BUTTÒ GIÙ LA porta con il piede stivalato. Ormai dentro, estrasse la pistola dalla fondina mentre Abe usciva dall'armadio. Come uno zombie, ondeggiò sul pavimento, poi cadde prima in ginocchio e poi a faccia in giù sul pavimento.

Miller aveva ancora la pistola puntata su Abe che singhiozzava e piagnucolava come un uomo impazzito. Miller si avvicinò, cercando di capire cosa stesse dicendo. All'inizio non riuscì a capire, poi sentì: "Morto. Morto. Morto".

Si girò verso l'armadio e, dato che la porta era già aperta, entrò. Era troppo buio, non riusciva a vedere nulla. Uscì, usò la torcia tattica della sua arma e tornò dentro.

CAPITOLO 64

CORPI

LA TORCIA ERA TROPPO forte per uno spazio così ristretto. I raggi rimbalzavano e creavano ombre scure prima di individuare ciò che c'era. Due bambini: Benjamin e Katie.

All'inizio pensò che stessero dormendo. Passò la luce sui loro occhi. Prima il bambino, poi la bambina. Ora ne era sicuro. L'aveva visto così tante volte. I due bambini sembravano i cadaveri stesi sulle lastre dell'obitorio.

Toccò il viso di Katie e trasalì: era freddo come la pietra. Povera bambina. Morta senza sapere che aveva ragione su sua madre. Anche Benjamin era freddo.

Sapeva che non avrebbe dovuto spostarli. Non doveva disturbare la loro ultima dimora. Eppure, anche se lo sapeva bene. Anche se si rendeva conto che avrebbe disturbato le prove, lo fece lo stesso.

Miller doveva prima districarli. Le braccia di Benjamin erano intorno a Katie, come se stesse cercando di proteggerla. La testa di lei ciondolava e si appoggiava sulla sua spalla. I suoi capelli, che profumavano di miele, gli sfiorarono la guancia mentre lui la posava sul letto. Tornò all'armadio, lanciando un'occhiata ad Abe. Era ancora sul pavimento e guardava avanti come uno zombie. Miller prese Benjamin e lo depositò sul letto.

Guardando Abe, grattandosi la testa, pensò ai suoi figli. Come era potuto accadere? Che cosa aveva a che fare con la morte di El? "Cos'è successo, amico?", disse ad Abe.

Abe si tirò su sulle ginocchia. Non aveva la forza di tirarsi in piedi. La sua testa si piegò e i suoi occhi fissarono il pavimento.

Miller gridò: "Che diavolo è successo qui?".

Abe singhiozzò, poi si gettò sul tappeto. Premette tutto il viso contro la moquette, come se sentire il tessuto ruvido contro la pelle gli fosse di conforto.

Miller si avvicinò, in modo che i suoi stivali toccassero la testa di Abe. Sussurrò: "Katie aveva ragione: sua madre è viva".

"Cosa?" Abe rispose.

"Non ha importanza ora", disse Miller. "Lei è morta. Sono morte entrambe".

Questa volta Abe sbatté la fronte sul pavimento.

Miller si versò un bicchiere d'acqua. Lo bevve, ma tornò subito su mentre il rubinetto gocciolava in sottofondo. Pensò di portare l'acqua ad Abe. Ma non lo fece.

"Alzati, Abe", chiese Miller. Quando fu in piedi, Miller gli scosse le spalle: "Spiegati, amico".

Abe cominciò a piagnucolare e a piangere. Si accasciò sulle ginocchia.

Miller andò nell'armadio, tirò fuori una coperta e la stese sulle spalle di Abe. Cercò di non pensare ai bambini, concentrandosi invece sulle cose da fare. Doveva chiamare il medico legale e avviare le indagini. Perché esitava? Cosa stava aspettando? Non aveva senso, niente di tutto questo. I ragazzi erano freddi come la pietra, come se fossero morti da tempo, mentre secondo El non potevano essere spariti da molto. Quindi, che cosa era successo? Chi era il responsabile? Ha telefonato, offrendo poche spiegazioni. "Due bambini deceduti: causa sconosciuta", ha detto.

Mentre aspettava di parlare con il suo comandante, lanciò un'occhiata ai due bambini sul letto. Sembravano spaventati, come se fossero stati spaventati a morte. Scosse la testa. Le persone possono morire per molte cose, ma non per la paura.

Dopo aver disattivato la chiamata, tornò da Abe. "Che cosa è successo qui, in nome di Dio?". Aiutò Abe ad alzarsi e lo condusse verso il lavandino per prendere un bicchiere d'acqua.

Abe bevve un sorso, poi disse: "Ho bisogno di aria!". Attraversò la stanza e buttò indietro la porta che dava sul balcone.

Miller rimase in piedi entro l'arco della porta del patio, temendo che il suo vecchio amico potesse saltare.

Da qualche parte nella stanza un bambino singhiozzava.

Abe e Miller si voltarono verso il letto, ben sapendo che il suono non proveniva da lì. Entrambi rimasero immobili, con tutti i sensi in allerta, in attesa di sentire di nuovo il suono.

"Coroner", disse una voce fuori dopo aver bussato.

"È aperto", disse Miller mentre arrivava la squadra, compresa la scientifica.

Miller lanciò un'occhiata ad Abe, che era seduto senza espressione. I suoi occhi blu sembravano ancora più blu nascosti nel suo pallore spettrale.

"Cosa abbiamo qui?", chiese un membro della squadra forense.

"Due ragazzi morti", rispose Miller.

La squadra si mise al lavoro per raccogliere le prove.

Miller e Abe rimasero fianco a fianco in attesa del suono: il suono di un bambino che piagnucolava.

CAPITOLO 65

IL DIPINTO...

ABE SI SOLLEVÒ E si spostò in avanti, chinando la testa come se avesse sentito qualcosa.

Miller non sentì nulla. Aprì la bocca per dire qualcosa ad Abe, ma era come in trance. Fece scorrere i piedi sul tappeto.

Abe cadde in ginocchio singhiozzando: "Mi dispiace, Benjamin. Mi dispiace tanto. Tutto quello che voglio è che tu sia qui. Ti prego". Il suo corpo cadde in avanti con la testa appoggiata sul tappeto.

Miller aveva due pensieri. Una era quella di confortare il suo vecchio amico che aveva le allucinazioni. L'altra era quella di aiutare la squadra, che era quasi pronta a mettere i due bambini nei sacchi per i cadaveri.

Invece non fece nulla, mentre Benjamin veniva infilato nel sacco verde. Rabbrividì quando il secondo suono della chiusura lampo di Katie squarciò il silenzio.

"Alzati", ordinò una voce dal nulla.

Abe lo fece, alzandosi in piedi come una marionetta portata in vita da un burattinaio.

"Vai al quadro", disse la voce.

Abe seguì le indicazioni come uno zombie e si fermò davanti alla stampa di Van Gogh.

"No! No!" urlò, coprendosi la testa con le mani.

Miller si spostò proprio dietro di lui, in modo da poter guardare più da vicino la ristampa. Vide solo un vaso di girasoli, non che si aspettasse di vedere qualcos'altro. Quando Abe riprese a parlare, Miller si allontanò.

Abe si tolse le mani dal viso e singhiozzò: "Perché? Perché? Perché? Dimmi perché?".

La squadra che trasportava i corpi dei bambini avanzò verso la porta. Uno chiese: "Con chi sta parlando il vecchio?".

Senza rispondere, Miller gli fece cenno di andare via.

Risuonò una voce. Una voce di ragazzo che sembrava vuota, come se provenisse da un tunnel. "Tu sai perché".

"Benjamin", disse Abe. "Ti amo".

La squadra con i sacchi per i cadaveri si fermò. Non sapevano che la voce che stavano sentendo era quella di Benjamin, il ragazzo il cui corpo era in uno dei sacchi che stavano trasportando.

"Rimettete i sacchi sul letto", ordinò Miller. "Aprite la cerniera di quella con dentro il ragazzo, ORA".

La squadra eseguì le istruzioni di Miller. Benjamin era bianco, con gli occhi chiusi. Ancora morto. Miller fissò il volto immobile del ragazzo, mentre la sua voce risuonava di nuovo.

"Sai cosa mi hai fatto. Lo sai".

"Ti ho amato. Ti amo ancora", rispose Abe, allungando la mano verso l'aria vuota.

"Amato chi? Con chi sta parlando, con Van Gogh in persona?", chiese uno dei membri della squadra.

"Shhh", rispose Miller.

"Quello che abbiamo fatto è stato amare. Perché ci amavamo", confessò Abe.

Miller scosse la testa. Aveva sentito bene? Strinse i pugni e chiuse la distanza tra lui e il suo ex amico.

Abe guardò il soffitto, come se pensasse che Benjamin gli stesse parlando dal cielo.

"Perché hai dovuto uccidere te stesso e Katie? Perché?".

"Ho fatto quello che dovevo fare".

"Per punirmi?"

"Sì, perché ti conosco".

Miller strinse i pugni.

"Non l'avrei toccata", singhiozzò Abe.

"Non ti credo".

Abe rimase statuario davanti al quadro con lo sguardo rivolto al cielo.

Miller disse alla squadra dietro di lui: "Ora ci penso io".

Chiusero la borsa di Benjamin e portarono i due bambini fuori dalla stanza.

Miller si spostò in modo che Abe fosse proprio di fronte a lui.

Abe continuò a guardare verso il cielo. Il tempo sembrò fermarsi.

Poi un coltello uscì dal quadro e con un movimento rapido tagliò la gola di Abe.

Per qualche secondo Abe rimase nella stessa posizione. L'unico movimento era il sangue che sgorgava dalla ferita. Poi la gravità prese il sopravvento ed egli cadde a terra con la testa che scomparve sotto il rivestimento del letto.

CRASH. Il quadro incorniciato di girasoli di Van Gogh cadde a terra. Il frontespizio di vetro andò in frantumi, scheggiandosi in mille pezzi.

Miller richiamò la squadra. Quando rientrarono nella stanza, il pavimento era un pasticcio di sangue. "Dov'è la sua testa?", chiese uno di loro.

Miller parlò come se fosse una cosa di tutti i giorni. "È sotto il letto".

Uno alzò il piumone, l'altro si mise sotto. Infilarono Abe nel sacco per cadaveri con gli occhi spalancati. Era successo così in fretta che non aveva avuto il tempo di battere le palpebre. Chiusero la borsa per i cadaveri con la zip.

"Non mettete i bambini vicino a lui", disse Miller. Mettetelo nel bagagliaio, o sul tetto, ovunque, ma non con quei bambini".

"Certo, ci pensiamo noi".

CAPITOLO 66

SGT. MILLER

MILLER USCÌ SUL BALCONE per prendere un po' d'aria fresca. Aveva bisogno di riflettere, perché tutto ciò non aveva senso. Prima di tutto c'era la morte di El. Lei sapeva cosa stava succedendo al marito e al figlio adottivo? Non credeva che potesse saperlo. Non El.

Benjamin e Katie sembravano spaventati a morte, ma erano morti molto prima che Abe arrivasse in questo posto.

Quanto all'abuso di Abe sul figlio adottivo, era contorto. Troppo contorto per pensarci. Non voleva pensare a quante volte Abe era stato ospite in casa sua. A quante volte Abe aveva trascorso con i suoi figli.

E poi c'era l'aspetto soprannaturale dell'accaduto. Il sergente Miller non credeva nel soprannaturale. Tuttavia, aveva visto e sentito le voci. Ma come avrebbe potuto spiegarlo? Non ci sarebbe mai riuscito nemmeno tra un milione di anni.

Il mondo era impazzito.

Miller rientrò in casa, sbattendo le porte del balcone e chiudendole a chiave. Un uomo e una donna erano lì con un aspirapolvere e una macchina per pulire i tappeti.

La donna chiese: "Va bene se inizio?" a Miller, che annuì. La donna accese l'aspirapolvere e per qualche secondo lui rimase ad ascoltare il vetro che veniva risucchiato nel contenitore metallico.

"Basta!", ordinò, spostandosi sul pavimento. Si chinò e raccolse un singolo girasole su un pezzo di vetro.

La donna tornò a passare l'aspirapolvere, mentre Miller teneva il girasole sotto gli occhi.

Poi lo vide, il movimento, all'interno del girasole. Vernici, giallo cromo, giallo limone, colori che turbinavano e giravano come in un caleidoscopio. Sentì il tappeto spostarsi sotto di lui, mentre lasciava cadere il girasole, poi tutto divenne nero e lui cadde sul pavimento.

CAPITOLO 67

KATIE

"Benjamin", disse Katie, "non sono fatta per stare qui". Era su un'altalena e lui la spingeva sempre più in alto, ma non troppo.

"Certo, dovresti essere qui", disse Benjamin.

Intorno a loro i bambini giocavano. Alcuni erano nella sabbiera. Altri facevano l'altalena. Molti si sfidavano in partite di baseball e di calcio. Molti giocavano a giochi da tavolo come scacchi, dama e biglie.

"Sei la benvenuta qui", disse a Katie un ragazzo più giovane di Benjamin.

Indossava una tuta di jeans, senza maglietta. Aveva un'abbronzatura dorata che faceva risaltare i suoi capelli biondi e gli occhi azzurri sul suo viso atletico.

"Sei la benvenuta qui, mia nuova sorella", disse una bambina più giovane di Katie. I suoi capelli erano a boccoli e rimbalzavano quando correva. Era carina, con un vestitino blu con i bordi di pizzo e ai piedi aveva dei sandali bianchi.

"Ma io non sono come te", disse Katie. "Non appartengo a questo posto. Avete sentito il sergente Miller. Ha detto che la mia mamma è viva. Probabilmente mi sta aspettando sul lungomare. Mi ha detto di non muovermi. Sarà preoccupata per me".

Benjamin la spinse più in alto: "Qui sarai al sicuro".

Nel parco soffiavano le alghe. Il parco all'interno del quadro dei Girasoli di Van Gogh andato in frantumi. Il luogo dove tutti i bambini dimenticati vivevano e giocavano insieme per sempre.

Perché anche se la facciata di vetro è andata in frantumi in questo mondo, è rimasta intatta in un altro. L'orologio del tempo di ogni bambino è tornato indietro.

Indietro. Al momento in cui avevano perso la loro infanzia. Quando sono stati costretti a crescere troppo in fretta.

All'interno del quadro, i bambini sono rimasti bambini per sempre. Nella sicurezza dei soleggiati Girasoli di Van Gogh c'era una promessa. Una promessa che nessun bambino sarebbe mai più stato ferito, maltrattato, spaventato o trascurato.

CAPITOLO 68

SGT. MILLER

ALL'OBITORIO, MILLER STAVA SCEGLIENDO le bare per El, Katie e Benjamin - e Abe. Avrebbe lasciato che il vecchio finisse in una scatola di cartone, se avesse potuto, ma non gli andava bene. Così, dovette scegliere quattro bare per quattro corpi. Qualcuno doveva farlo.

Miller sperava di chiudere la faccenda occupandosi di questo compito. Tuttavia, la madre scomparsa di Katie, Jennifer Walker, gli tornava in mente. Era là fuori, da qualche parte, e sua figlia era morta perché l'aveva lasciata sola sul lungomare. Una tale tragedia.

Una tale perdita. Tutto evitabile. Un genitore era destinato a proteggere un figlio, a qualunque costo.

Mettersi in pericolo piuttosto che far soffrire il bambino. Quando è andato tutto storto e perché non se n'è accorto?

Miller non riusciva a chiudere la faccenda. Non riusciva ad avere un po' di serenità.

E nelle sue viscere, qualcosa rosicchiava. Lo divorava dall'interno. Tornò a casa Julius, sperando di trovare delle risposte. La proprietà era ancora isolata con nastro adesivo e un agente era di guardia alla porta d'ingresso.

"C'è qualcuno lì dentro?" Chiese Miller.

"No, sergente. Credo che per oggi abbiano chiuso la faccenda. Hanno cercato le impronte e hanno tolto tutto ciò che volevano conservare come prova". Guardò l'orologio. "Avevo intenzione di tornare presto in centrale. Il mio turno è quasi finito".

"Verrà qualcun altro a sorvegliare il posto durante la notte?". Chiese Miller.

"Non credo."

"Allora vada", disse Miller, "da qui in poi ci penso io".

L'agente salì sulla sua macchina e partì. Miller lo guardò allontanarsi, poi entrò in casa.

Una volta dentro, lasciò che la sensazione che gli rodeva l'intestino lo conducesse dove doveva andare. In fondo al corridoio, lungo il corridoio. Fino all'ufficio di Abe. Controllò la scrivania: era chiusa. Andò in cucina e prese un coltello dal cassetto. Lo usò per scassinare la scrivania. Quello che cercava era lì, quasi come se lo stesse aspettando: Il libro mastro di Abe.

Miller sfogliò le pagine che precedevano il Natale, alla ricerca degli ordini di bambole. C'erano diversi ordini nel corso degli anni, comprese le foto dei bambini, i loro indirizzi completi e le foto dei bambini con le bambole corrispondenti.

Nel mucchio non c'era nessuna foto di Katie, ma riuscì a confermare che la persona che aveva effettuato l'ordine e ritirato la bambola era Mark Wheeler.

In totale ha trovato sette ordini effettuati nel corso degli anni. Una foto della bambina, accanto alla foto della bambola. Quello di Katie era stato l'ultimo acquisto.

Rimase seduto sulla sedia di Abe ancora per qualche secondo, mentre sfogliava i suoi fascicoli. Si notava una domanda di adozione di Benjamin. Vi si leggeva che avrebbe assunto anche la proprietà della casa e del negozio. Non c'era nulla di definitivo, perché El non l'aveva firmata. Prese la domanda e il registro e li portò fuori dall'ufficio.

Entrò nella stanza di Katie. Per un attimo non riuscì a respirare. La sua bambola sosia era sul letto, seduta, e lo guardava. Lo stava aspettando. Se quella cosa avesse respirato, non avrebbe potuto stordirlo di più. Incapace di muoversi, i suoi sensi si acuirono.

Prima un fischio. Sventolio. Tende svolazzanti. Tendenti verso la bambola come tentacoli di stoffa.

Rabbrividì, si girò per andarsene ma non ci riuscì. Si avvolse le braccia intorno a sé.

"Va bene, va bene", disse a nessuno. Raccolse la bambola e la portò fuori dalla stanza e in cucina. Cercò sotto il lavello un sacchetto abbastanza grande per infilarlo. Non aveva il coraggio di metterla in un sacco verde della spazzatura, troppo simile a un sacco per cadaveri. Invece, trovò un sacchetto blu trasparente per il riciclaggio e ci mise dentro la bambola a piedi uniti.

Chiuse la casa, salì in macchina e attraversò la città. Arrivato all'edificio, il portiere lo riconobbe e non dovette mostrare il distintivo. Meno male, visto che portava una bambola in una grande borsa trasparente.

"L'accompagno su", disse Matthew Barry, il responsabile della reception. Ci fece strada nell'ascensore e ci portò al settimo piano.

In ascensore, durante la salita, Miller si pose molte domande, come ad esempio cosa stesse facendo e perché, ma non ricevette alcuna risposta.

L'unica cosa che sapeva con certezza era che, da quando aveva preso in mano la bambola, la sensazione che gli rodeva l'intestino era diminuita. Man mano che si avvicinava alla stanza, la sensazione si affievoliva sullo sfondo.

Barry girò la chiave nella serratura e WHAM, una sirena urlò, facendo sentire il Manager come se il suo cervello stesse per esplodere. Il poveretto cliccò su tutti i pulsanti della parete, cercando di far cessare il suono violento. Quando non funzionava, si copriva le orecchie e alla fine si girava e usciva urlando dalla stanza.

Anche Miller fu colpito dalle sirene, ma non tanto quanto il Direttore. Si accasciò sul letto, usando i cuscini per attutire il suono e sperando che smettesse presto. Chiuse gli occhi e perse i sensi. Quando rinvenne, i cuscini erano sul pavimento e la stanza era silenziosa.

Bevve un po' d'acqua e se ne spruzzò un po' sul viso. Notò che la moquette era nuova, stavolta più morbida. Poi vide qualcos'altro: un nuovo quadro dei Girasoli di Van Gogh racchiuso in una cornice d'oro antico.

Mentre il rubinetto gocciolava, esaminò il quadro. Non vide alcun movimento, poi si ricordò della bambola. Vide il sacchetto di plastica sul pavimento accanto al letto: era vuoto.

Grattandosi la testa, si girò e si diresse verso la porta e, mentre appoggiava la mano sulla maniglia, si sentirono delle voci di bambini:

Grazie per i fiori,
grazie per gli alberi,
Grazie per le cascate,
Grazie per la brezza.
Ora siamo qui insieme.
Liberi dal male e dal dolore
Grazie, sergente Miller
Per essere tornato ancora.

Quelle parole e quella melodia continuarono a girare nella sua testa. Per giorni, settimane, mesi, anni.

EPILOGO

I L SERGENTE MILLER è andato in pensione, con un'ultima richiesta in servizio. Bussò alla porta di Judy Smith.

"Sono qui per vedere Gerald", disse.

Seguì Judy su per le scale: "Il sergente Miller è qui per vederti".

Lei rimase sulla soglia, mentre Miller stringeva la mano di Gerald e gli consegnava un encomio del cittadino.

"Ci hai aiutato a risolvere un caso", disse Miller. "Continui a fare un lavoro eccellente".

"Posso avere una foto di voi due?". Chiese Judy.

Miller annuì e lui e Gerald chiacchierarono mentre lei scendeva e risaliva con il telefono in mano.

"Di' "cheese"", disse.

Dopo qualche foto, Miller si accomiatò e si avviò verso casa. Sperava di passare una serata tranquilla con sua moglie, ma non sapeva che lei lo stava aspettando con una grande festa di pensionamento a sorpresa.

Ringraziamenti

Cari lettori,

Grazie per aver letto IL BAMBINO DI TUTTI, di cui ho scritto la prima stesura durante il National Novel Writing Month del 2013.

Completata la prima stesura, ho apportato alcune piccole modifiche e l'ho inviata ad alcuni lettori beta per vedere come poteva essere migliorata e se era di loro gradimento. A quattro lettori su cinque (che erano colleghi autori) non piacevano né Katie né Benjamin e volevano che riscrivessi i personaggi in modo che fossero più simili ai loro figli, ecc. Ho preso i loro commenti per rifletterci sopra mentre lavoravo ad altri progetti. Avevano ragione? Il mio istinto mi diceva il contrario.

Alla fine ho deciso di rimanere fedele alle mie idee. Gli altri autori potevano scrivere i loro personaggi come volevano. Se tutti scrivessimo i nostri personaggi allo stesso modo, che senso avrebbe? Questi erano i miei personaggi e avevano scelto me per raccontare le loro storie. Dovevo raccontare le loro storie nel modo in cui loro volevano che fossero ascoltate. In questo senso, io e i miei personaggi eravamo in sintonia.

Questo mi ha spinto a cercare un editor per lo sviluppo; ne ho trovato uno eccellente e per il suo aiuto e incoraggiamento le sarò sempre grata.

Ma IL BAMBINO DI TUTTI non era ancora finito. Doveva essere letto da nuovi beta reader e così è stato. Questa volta ho fatto loro delle domande, e in particolare mi sono preoccupata delle briciole di pane. Avevo lasciato abbastanza tracce lungo il percorso per condurre il lettore alla scioccante conclusione? Uno dei cinque lettori ha pensato che avessi dato troppo e mi ha chiesto di ridurre il numero di briciole di pane. Forse vi interesserà sapere che inizialmente aveva indovinato, ma rileggendo ha colto altri indizi che le avevo dato.

Vorrei cogliere l'occasione per ringraziare i miei lettori di bozze, i beta reader e gli editor per il loro impegno nei miei confronti e per questo progetto. Il vostro contributo è stato prezioso, sia che accettassi i vostri suggerimenti sia che non li accettassi. Per avermi aiutato a fare di IL BAMBINO DI TUTTI il migliore possibile. Forse Stephen King avrebbe potuto/dovuto fare di più. Ma io non sono Stephen King. Sono un autore indipendente, unico dipendente e fondatore della Stratford Living Publishing.

Grazie anche alla famiglia e agli amici che mi sono stati vicini durante l'oscurità.

E come sempre, buona lettura!

Cathy

L'autore

Autrice pluripremiata, Cathy McGough vive e scrive nell'Ontario, in Canada, con il marito, il figlio, i due gatti e il cane.
Ontario, Canada, con il marito, il figlio, i due gatti e il cane.

Anche da:

FICTION: Il segreto di Ribby; Interviste a scrittori leggendari dell'aldilà (2° POSTO MIGLIOR RIFERIMENTO LETTERARIO 2016 METAMORPH PUBLISHING)
NON FICTION: 103 idee per la raccolta di fondi per i genitori volontari discuole e squadre (3° POSTO MIGLIOR RIFERIMENTO 2016 METAMORPH PUBLISHING).
+ Libri per bambini e giovani adulti

www.ingramcontent.com/pod-product-compliance
Lightning Source LLC
Chambersburg PA
CBHW030127010826
48973CB00002B/461